AUDIOBOOKS
LIBROS BILINGÜES

Conceptualización y realización editorial:
Ara Llibres sccl
www.arallibres.cat

La traducción original de Federico Corriente, propiedad de Editorial Anagrama, ha sido adaptada por Xavier Riesco según los criterios pedagógicos de esta colección de relatos bilingües.

ISBN:
978-84-16774-49-4

Imprenta:
Rodesa

Depósito Legal:
B-8471-2016

Ian McEwan

No es arriesgado afirmar que Ian McEwan (1948) es, junto a Julian Barnes, el narrador contemporáneo con la presencia más sólida y exitosa en la narrativa inglesa de las últimas décadas. Empezó a publicar relatos breves a finales de los 70 en plena fase de intensa experimentación. Sin embargo, ha sido en la novela donde McEwan ha consolidado su reputación literaria. Ganador del premio Booker de 1998 con *Ámsterdam*, su consolidación definitiva llegó con *Expiación* (2001), acaso su obra maestra, con una excelente adaptación cinematográfica en 2007. De sus obras más recientes cabe destacar *Chesil Beach* (2008), la dolorosa y sutil exploración de una noche de bodas anterior a los movimientos de liberación sexual, y *Solar* (2011), una sorprendente incursión de McEwan en el registro cómico: un prestigioso científico que gestiona como puede los dictados de la mente racional con los avatares de su variopinta vida matrimonial. McEwan ha participado activamente en los debates políticos y culturales de su tiempo, especialmente a raíz de los atentados del 11-S en Nueva York. En este sentido, debemos señalar *Sábado* (2005), un día en la vida de un neurocirujano marcado por las manifestaciones contra la guerra de Irak y la anticipación de terrores públicos y privados inauditos. En su última novela, *La ley del menor* (2015), una juez pulcra y racional debe atender en su trabajo las pulsiones irracionales derivadas de creencias religiosas, así como las de otro orden, que están condicionando su insatisfactoria vida íntima.

Los dos relatos que aquí se incluyen forman parte del volumen *Entre las sábanas* (1978), su segundo libro de relatos breves. El título –en el que *sheets* puede leerse en inglés como «sábanas» u «hojas de papel»– ya sugiere la tensión o, si se quiere, el juego literario entre realidad y escritura. En *Psicópolis* un inglés descubre las fantasías sadomasoquistas y otras conductas peculiares que parecen moneda corriente en el ambiente de una ciudad desarticulada como Los Ángeles. La ciudad misma es presentada como causa y metáfora de una cierta descomposición de la psique contemporánea. *Vaivén* es un ejercicio estilístico que contrapone –en párrafos alternativos– los procesos mentales de un personaje según esté en casa o en la oficina. Los primeros relatos de McEwan apuntaban, casi siempre, a la parodia satírica y a las situaciones grotescas de contenido sexual, pero lo que llamó de inmediato la atención de la crítica fue el prometedor talento narrativo que su fecunda trayectoria posterior ha confirmado.

Miquel Berga
Profesor de Literatura Inglesa
Universitat Pompeu Fabra de Barcelona

Cronología

1948. Nace en Aldershot (Hampshire). De padre militar, pasa su infancia en el Extremo Oriente, en el norte de África y en Alemania. Años después regresa a Inglaterra, donde cursa sus estudios de Literatura Inglesa en la Universidad de Sussex. Completa su formación con un curso de creación literaria en la Universidad de East Anglia, donde es alumno de Malcolm Bradbury.

1975. Publica su primera colección de relatos, *Primer amor, últimos ritos*, con el que obtiene el premio Somerset Maugham.

1978. Presenta *Entre las sábanas*, otro volumen de relatos. Estos volúmenes generan controversia por su temática sexual y perversa. Ese mismo año publica su primera novela, *Jardín de cemento,* que narra la historia de unos huérfanos que entierran el cadáver de su madre en el sótano.

1979. La BBC censura la serie de televisión que él dirige, *Geometría sólida,* por contener escenas macabras.

1981. Escribe la novela *El placer del viajero.* Muchos empiezan a apodarle Ian Macabre a causa de la temática de sus obras.

1982. Contrae matrimonio con Penny Allen, a la que había conocido en la Universidad de East Anglia.

1983. Escribe el guion de la película *The Ploughman's Lunch* ('El almuerzo del labrador'), una dura crítica a la política de Margaret Thatcher.

1987. Publica la novela *Niños en el tiempo*, de temática tan siniestra como sus obras anteriores.

1990. Publica la novela *El inocente*, un *thriller* ambientado en la Alemania de los años 50.

1992. Publica *Los perros negros*, que trata de las secuelas del nazismo en Europa.

1993. Se encarga de escribir el guion de la película *El buen hijo.*
1994. Presenta *En las nubes,* una colección de cuentos que se dirige por igual a niños, jóvenes y adultos.
1995. Se divorcia de Penny Allen.
1997. Escribe *Amor perdurable*, considerada por muchos una obra maestra. Ese mismo año contrae matrimonio con Annalena McAfee, entonces editora de *The Guardian*. Actualmente sigue casado con ella.
1998. Le conceden el premio Booker por su novela *Ámsterdam.*
2001. Publica *Expiación*, por la que recibe, entre otros premios, el WH Smith Literary Award, el People's Booker y el Commonwealth Eurasia. La novela se adapta a la gran pantalla en 2007.
2005-2008. Presenta las novelas *Sábado*, con la que gana el premio James Tait Black, y *Chesil Beach*, así como el libreto *Para ti.*
2008. *The Times* incluye a McEwan en la lista de «The 50 greatest British Writers since 1945».
2010. Publica la novela *Solar*.
2011. Gana el premio Jerusalem.
2012. Escribe las novelas *Operación dulce* y *La ley del menor.* La Universidad de Sussex lo distingue con la «50th Anniversary Gold Medal» como reconocimiento a sus contribuciones a la literatura.

AUDIOBOOKS
LIBROS BILINGÜES

Vaivén
To and Fro

AUDIO (01): 00:20'36"

Psicópolis
Psychopolis

AUDIO (02): 00:56'57"

Vaivén

Ahora Leech extiende las piernas hasta que tiemblan con el esfuerzo, entrelaza los dedos detrás de la nuca, hace crujir sus articulaciones, suelta una carcajada deliberada y sucia ante lo que simula ver a media distancia y me da un golpecito detrás de la cabeza con el codo. Parece que se acabó, ¿tú qué dices?

¿Será cierto? Estoy tendido en la oscuridad. Es cierto, creo que el viejo vaivén la ha mecido hasta dormirla. El ancestral vaivén parecía no terminar nunca y el rapto llegó inadvertido, como el propio sueño. Auge y caída, auge y caída, auge y caída, y entre el auge y la caída el peligroso intervalo silencioso, cuando ella toma la decisión de continuar.

El cielo, de un blanco amarillo inexpresivo, el olor del canal, reducido por la distancia al dulce aroma de las cerezas maduras, la melancolía de los aviones de pasajeros que esperan su turno para tomar tierra y aquí, en la oficina, gentes que recortan la prensa del día, ese es su trabajo. Pegar columnas en fichas para hacer un fichero.

Si puedo estar tendido en la oscuridad, puedo ver en ella la pálida piel sobre la frágil cresta del pómulo, que traza la forma de una pata de perro en la oscuridad. Sus ojos hundidos están abiertos y son invisibles. A través de unos labios casi abiertos un punto de luz centellea sobre la saliva y el diente, el grueso cinturón de pelo es más negro que la noche circundante. A veces la miro y me pregunto quién morirá primero. ¿Quién morirá primero, tú o yo? El peso del silencio es colosal, ¿cuántas horas quedan?

Leech. Veo a Leech por este mismo pasillo haciendo frecuentes consultas con el director. Los veo recorriendo juntos el largo pasillo sin puertas. El director camina erguido, con las manos hundidas en los bolsillos,

To and Fro

Now Leech pushes his legs out straight till they tremble with effort, locks his fingers behind his head, cracks them at the joints, chuckles his deliberate, dirty chuckle at what he pretends to see in the middle distance and **bats** me gently behind the head with his elbow. Looks like it's over, what would you say?

Is it true? I lie in the dark. It is true, I think the old **to and fro** rocked her to sleep. The ancient to and fro had no end and the suspension came **unnoticed** like sleep itself. Rise and fall, rise and fall, rise and fall, between the fall and rise the perilous silent **gap**, the decision she makes to go on.

The sky a blank yellow-white, the canal odour reduced by distance to the smell of sweet ripe cherries, the melancholy of airliners **turning in the stack** and here in the office others cut up the day's papers, this is their work. Paste columns to **index cards**.

If I can lie in the dark I can see the dark pale skin on the fragile ridge of **cheekbone**, it carves a dog-leg shape in the dark. The deep-set eyes are open and invisible. Through almost parted lips a point of light **glints** on saliva and tooth, the thick belt of hair blacker than the surrounding night. Sometimes I look at her and wonder who will die first, who will die first, you or me? The colossal weight of **stillness**, how many more hours?

Leech. I see Leech in this same corridor in frequent consultation with the Director. I see them, together they pace the long doorless corridor. The Director walks erect, his hands, deep in his pockets,

donde juegan con baratijas; Leech se inclina en señal de subordinación, vuelve la cabeza hacia el cuello de su superior, con las manos detrás de la espalda, los dedos de una mano rodean la muñeca de la otra para tomarse escrupulosamente el pulso. Veo lo que ve el director, nuestras imágenes se mezclan: Leech y este hombre; hace girar el brillante anillo metálico y se separan, el uno de pie, el otro sentado, posando ambos.

El destello de la saliva en la punta de un diente. Escucha su respiración, subiendo y cayendo rítmicamente en picado, con aire de sueño profundo; ahora no es ella. Una necesidad animal acosa a otra en la noche, el sueño de pelaje negro ahogó el placer desde una rama baja, el viejo árbol cruje, desaparecido, recuerdo, escúchala..., dulce olor casero. El ancestral y suave vaivén la meció hasta dormirla. ¿Te acuerdas del pequeño bosque, con sus árboles retorcidos y atrofiados, de las ramas y ramitas formando un dosel, de lo que encontramos allí? ¿De lo que vimos? Ah..., el ínfimo y paciente heroísmo de estar despierto, el agujero ártico más grande que el hielo que lo rodea se ensancha, demasiado grande para adoptar una forma que comprenda las limitaciones de la vista. Estoy tendido a oscuras y miro afuera, estoy tendido allí dentro y asomándome al exterior, y desde otra habitación uno de sus hijos grita en sueños: ¡un oso!

Aquí viene Leech primero, no primero yo estoy aquí hacia el final una mañana, recostándome, sorbiendo, en la intimidad, y Leech se acerca, me saluda, me propina un golpe cordial y violento entre los omóplatos justo debajo del cuello. Se detiene ante la tetera grande con las piernas separadas como quien orina en público, el líquido pardusco cae dentro de su taza gota a gota mientras dice te acuerdas (de esta) o (de aquella) conversación. No, no. Se acerca con la taza. No, no, le digo, no recuerdo nada, le digo mientras se arrellana en el sofá grande, tan cerca de mí como le es posible sin llegar a... convertirse en mí. Ah, el amargo sabor de la piel de un extraño envuelta para ocultar el remoto núcleo fecal. Su pierna derecha roza mi pierna izquierda.

En la fría hora que precede al amanecer sus niños subirán a la cama, primero uno y después el otro, a veces el uno sin el otro, se dejarán caer entre el agrio calor adulto, pegados a sus costados como la estrella de mar (acuérdate de la estrella de mar aferrada a su roca) y haciendo suaves ruidos líquidos con la lengua. Fuera, en la calle,

jingle with **gewgaws** and Leech stoops subordinately, head twisted towards his superior's neck, his hands clasped behind his back, the fingers of one hand rolled around the wrist of the other to check scrupulously his own pulse. I see what the Director sees, our images combine - Leech and this man; twist the bright metal ring and they spring apart, one standing, one sitting, both posing.

Saliva **glints** on a point of tooth. Listen to her breathing, rhythmic soaring and **plunging**, deep sleep air, not her now. One animal need tracks another through the night, black-**furred** sleep smothered pleasure from a low branch, the old tree creaks, gone, memory, listen to her... house smells sweet. The ancient, soft to and fro rocked her to sleep. Do you remember the small wood, the **gnarled** and **stunted** trees, the leafless branches and twigs fused to one **canopy**, what we found there? What we saw? Ah... the tiny, patient heroism of being awake, the arctic hole bigger than the surrounding ice **widens**, too large to assume a shape, inclusive of the optical limits of sight. I lie in the dark and look in, I lie in it and gaze out, and from another room one of her children cries out in her sleep, A bear!

First here comes Leech, no first here am I towards the end on one morning, reclining, **sipping**, private, and Leech comes by, salutes me, claps me on the back a cordial, **vicious** blow between the shoulder blades below the neck. He stands at the tea urn, legs apart like a public urinator, the brown liquid **dribbling** into his cup and he saying do I remember (this) or (that) conversation. No, no. He approaches with his cup. No, no, I tell him, I remember nothing, I tell him as he settles on the long **settee**, as close to me as he can without actually... becoming me. Ah, the bitter tang of a stranger's skin wrapped about to conceal the remoter fecal core. His right leg touches my left.

In the cold hour before dawn her children will climb into the bed, first one and then the other, sometimes one without the other, they drop between the **spicy** adult warmth, attach themselves to her sides like the starfish (remember the starfish **clinging** to its rock) and make **faint** liquid noises with their tongues. Outside in the street

pasos apresurados se aproximan y retroceden cuesta abajo. Me acuesto en los confines de la camada, como un Robinson Crusoe haciendo planes para estacadas con estacas finamente afiladas, rifles que se disparen a la menor vibración provocada por los pasos de un extraño, con la esperanza de que sus cabras y perros procreen y no hallen otro nido semejante de criaturas tolerantes. Cuando una de sus hijas aparece demasiado temprano, se despierta en plena noche y la devuelve a su sitio, regresa y se duerme, con las rodillas recogidas contra el vientre. Su casa huele dulzonamente a niños durmientes..

Con los movimientos al ralentí de quien necesita que lo observen, Leech saca una pluma del bolsillo de la chaqueta, la examina, la devuelve a su sitio, agarra mi brazo estirado para coger mi libro, que cayó al suelo en el momento en que Leech me golpeó. Un significativo espacio junto a la puerta es indicio del director, de la posibilidad de que aparezca.

El peso colosal..., te acuerdas, durmiente, del pequeño bosque de árboles retorcidos y atrofiados, de las ramas y ramitas desnudas que formaban un dosel, de un tejado oscuro por el que la luz goteaba hasta llegar al acre suelo. Caminábamos de puntillas sobre el absorbente silencio vegetal, nos hacía susurrar, provocaba nuestras sibilantes a través de raíces ocultas bajo nuestros pies, un bosque antiquísimo e íntimo. Delante de nosotros se veía luz, el dosel se había desplomado como si un gran peso se hubiese estrellado contra él desde el cielo. El semicírculo luminoso, las ramas y ramitas del árbol que pendían hacia el suelo en una brillante cascada, y allí encajados en el torrente hasta la mitad, blanqueados por el sol y en contraste contra el apagado gris de la madera, había huesos, reposaban allí los huesos blancos de un animal, un cráneo plano con órbitas, una larga columna curva que iba menguando al llegar a su delicado extremo, y a uno y otro lado el meticuloso montículo de los demás huesos, finos y con terminaciones nudosas.

Los dedos de Leech son tenaces como las garras de un pollo. Cuando consigo desprenderme sus dedos del brazo vuelven a cerrarse impersonalmente. ¿Estoy ante un hombre solitario? Habiéndole tocado la mano, me siento obligado a hablar con él, del mismo modo en que unos amantes con los ojos iluminados inician una conversación, boca arriba y bajo las sábanas. Mantengo las manos sobre el regazo y observo cómo caen motas frente a una losa de luz solar.

urgent footsteps approach and recede down the hill. I lie on the edge of the **litter**, Robinson Crusoe making his plans for stockades of finely sharpened stakes, guns that will fire themselves at the faintest tremor of an alien step, hopes his goats and dogs will procreate, will not find another such nest of tolerant creatures. When one of her daughters comes too early, in the **dead of night** she wakes and carries her back, returns and sleeps, her knees drawn up to her belly. Her house smells sweetly of sleeping children.

In the slow motion of one who feels the need to be watched, Leech unclips a pen from his breast pocket, examines it, replaces it, grips my extended arm as I reach for my book too which slid to the floor at the moment of Leech's blow. A significant space by the door indicates the Director, the possibility of his arrival.

The colossal weight... do you remember, sleeper, the small wood of gnarled stunted trees, the **leafless** branches and twigs fused to one canopy, a dark roof leaking light on to the **pungent** soil. We **tiptoed** on the absorbent vegetable silence, it made us whisper, drew our sibilants through hidden roots beneath our feet a very old and private wood. Ahead of us brightness, the canopy had collapsed as though a heavy weight once crashed down from the sky. The bright semicircle, the trees' branches and twigs **drooping** to the ground in a brilliant cascade, and there **lodged** halfway up the torrent, picked white by the sun and **stark against** the dull grey wood were bones, white bones of a creature resting there, a flat, socketed skull, a long curving spine diminishing to the delicate point, and at its side the meticulous heap of other bones, slender with bunch-fisted ends.

Leech's fingers have the tenacity of a chicken's claw. When I **prise** the fingers loose from my arm they curl back impersonally. Is this a lonely man? To whom, having touched his hand, I feel compelled to speak, as bright-eyed lovers on their backs under a sheet begin a conversation. I hold my own hands in my lap and watch motes fall across a slab of sunlight.

A veces la miro y me pregunto quién morirá primero..., cara a cara, invernando entre el amasijo de plumón y retazos; pone una mano sobre cada una de mis orejas, me coge la cabeza entre las palmas, me observa con confusos ojos negros y una sonrisa forzada que no muestra sus dientes…, entonces pienso: Soy yo, yo moriré primero, y puede que tú vivas para siempre.

Leech deja su taza sobre la mesa (qué marrón ha dejado el borde), se arrellana, extiende las piernas hasta que tiemblan con el esfuerzo y observa conmigo las motas que caen frente a una losa de luz solar, y más allá está el agujero helado, arriba, fuera, donde estoy tendido junto a mi amante dormida, tendido y asomándome al interior, devolviendo la mirada. Reconozco el plumón y los retazos, el encanto del hierro forjado de la cama... Leech deja su taza sobre la mesa, se arrellana, hace crujir las articulaciones de los dedos detrás de la nuca, que mueve para indicar su intención de moverse, una conciencia del espacio vacío junto a la puerta, un deseo de que le acompañen hasta la salida.

Una voz rompe el silencio, una brillante flor roja cayó sobre la nieve, una de sus hijas grita en sueños. ¡Un oso! Un sonido indiscernible de su sentido. Silencio, y otra vez, ¡un oso!, ahora más suave, con un tono de desilusión descendente…, ahora, un silencio dramático por la ausencia de la voz sucinta..., ahora imperceptiblemente..., ahora, silencio habitual, sin expectativas, el peso de la calma, la luminosa imagen postrera de unos osos sobre fondo naranja evanescente. Los veo venir a echarse junto a mi amiga dormida, vuelvo la cabeza sobre la almohada y miro sus ojos abiertos.

Me levanto por fin y sigo a Leech hasta la salida de la habitación vacía y al pasillo sin puertas donde le he visto haciendo frecuentes consultas, marcando el paso, erguido o humillándose. El director y su subordinado, no se nos puede diferenciar de aquellos a los que tememos... Llego a la altura de Leech y él acaricia la tela de su traje, frota cada lado de su solapa entre el índice y el pulgar, reduce el movimiento a nada mientras sopesa sus palabras, que son: ¿Qué te parece mi traje?, acompañadas por la más leve de las sonrisas. Nos paramos en el pasillo, cara a cara, con nuestros reflejos atrofiados bajo los pies, sobre el pulido suelo. Cada uno ve el del otro, pero no el suyo.

Sometimes I look at her and wonder who will die first… face to face, **wintering** in the mess of down and **patchwork**, she places a hand over each of my ears, takes my head between her palms, regards me with thick, black eyes and pursed smile that does not show her teeth… then I think, It's me, I shall die first, and you might live for ever.

Leech sets down his cup (how brown he has made its **rim**), settles back, pushes his legs out straight till they tremble from the effort and watches with me motes falling across a slab of sunlight, and beyond that the ice hole, up, out, where I lie beside my sleeping lover, lie staring in, gazing back. I recognize the down and patchwork, the charm of the bed's **wrought iron**... Leech sets down his cup, settles back, cracks his finger joints behind his head which he moves to indicate his intention to move, an awareness of the empty space by the door, a wish to be accompanied on the way.

A voice breaks the stillness, a brilliant red flower dropped on the snow, one of her daughters calls out in a dream. A bear! the sound indistinct from its sense. Silence, and then again, A bear, softer this time, with a falling tone of disappointment… now, a silence dramatic for its absence of the succinct voice… now imperceptibly... now, habitual silence, no expectations, the weight of stillness, the luminous after-image of bears in **fading** orange. I watch them go and lie waiting beside my sleeping friend, turn my head on the pillow and look into her open eyes.

I rise at last and follow Leech across the empty room and along the doorless corridor where I have seen him in frequent consultation, pacing, erect or **stooping**. The Director and his subordinate, we cannot be told apart from those we fear... I draw level with Leech and he is feeling the material of his suit, finger and thumb rotate either side of his **lapel**, the motion slowing to nothing as he considers his words which are, What do you think of it, my suit? accompanied by the faintest smile. We come to a halt in the corridor, face to face, below us our stunted reflections in the polished floor. We see each other's but not our own.

El grueso cinturón de pelo es más negro que la noche circundante, y la pálida piel sobre la frágil cresta del pómulo traza el contorno de una pata de perro en la oscuridad... ¿Has sido tú?, murmura ella, ¿o los niños? Unos leves movimientos donde tiene los ojos dicen que están cerrados. El ritmo de su respiración se acelera, es la automatización inminente de un cuerpo dormido. No ha sido nada, fue un sueño, una voz en la noche como una flor roja sobre la nieve..., ella cae de espaldas, flotando, hasta el fondo de un profundo pozo, y al mirar hacia arriba puede observar el menguante círculo luminoso, de cielo, roto por la silueta de mi cabeza y mis hombros que miran desde muy lejos. Ella baja flotando, sus palabras ascienden flotando, se cruzan con ella por el camino y llegan hasta mí amortiguadas por el eco. Ella grita: ¡Penétrame mientras me quedo dormida, penétrame...!

Con una maniobra parecida de dedo y pulgar me estiro, toco la solapa y después la mía, el tacto familiar de cada tejido, el calor corporal que transmite..., el dulce olor de las cerezas maduras, la melancolía de los aviones de pasajeros que esperan su turno para tomar tierra; esto es el trabajo, somos imposibles de diferenciar de aquellos a quienes tememos. Leech agarra mi brazo extendido y lo estrecha. Abre los ojos, abre los ojos. Verás que no es como la tuya en absoluto. Esta tiene las solapas más anchas, la americana tiene dos cortes por detrás a petición mía, aunque sean del mismo tono azul, la mía tiene puntitos blancos y el efecto de conjunto es de mayor claridad. Ante el sonido de unos pasos lejanos a nuestras espaldas seguimos nuestro camino.

¿Dormida y tan húmeda? La sinestesia del ancestral vaivén, el agua salada y los almacenes de especias, un auge de la marea más allá de la cual los contornos se igualan y ruedan y se zambullen contra el horizonte como un árbol gigante que girase unido al cielo por goznes, una lengua de carne. Beso y chupo donde chuparon sus hijas. Quita, dice ella, déjala en paz. Los blancos huesos de alguna criatura a la que quise acercarme y tocar, el cráneo de órbitas planas, la larga y curva columna menguando hasta llegar al delicado extremo... Déjala en paz, dijo ella cuando alargué el brazo. El terror en aquellas palabras era inconfundible, dijo que era una pesadilla y estrechó nuestra cesta de pícnic contra su cuerpo: cuando nos abrazamos, una botella tintinea contra una lata. Atravesamos el bosque corriendo y cogidos de la mano cruzando laderas, bordeando los campos de aulagas, con el

The thick belt of hair is blacker than the surrounding night, and pale skin on the fragile ridge of cheekbone carves a dog-leg shape in the dark... Was that you? she murmurs, Or the children? Some faint movement where her eyes are say they are closed. The rhythm of her breathing strengthens, it is the impending automation of a sleeping body. It was nothing, it was a dream, a voice in the dark like a red flower on the snow... she falls backwards, she **drifts** to the bottom of a deep well and looking up can watch the **receding** circle of light, of sky broken by the silhouette of my watching head and shoulders far away. She drifts down, her words drift up, passing her on the way and reach me muted by echoes. She calls, Come inside me while I fall asleep, come inside...

With a similar manoeuvre of finger and thumb reach out and touch the lapel and then touch my own, the familiar feel of each material, the body warmth they transmit... the smell of sweet ripe cherries, the melancholy of airliners turning in the stack; this is the work, we cannot be told apart by those we fear. Leech grips my extended arm and shakes it. Open your eyes, open your eyes. You'll see it's not like yours at all. Here the lapels are wider, the jacket has two slits behind at my request and while they are the same shade of blue, mine has little flecks of white and the total effect is lighter. At the sound of footsteps far behind us we continue on our way.

Asleep and so **moist**? The synaesthesia of the ancient to and fro, the salt water and spice warehouses, a rise beyond the contours smooth and roll and dip against the skyline like a giant tree **hingeing** on the sky, a tongue of flesh. I kiss and suck where her daughters sucked. Come away, she said, leave it alone. The white bones of some creature I wanted to approach and touch, the flat-socketed skull, the long curving spine diminishing to the delicate point... Leave it alone, she said when I put out my arm. **No mistaking** the terror in those words, she said it was a nightmare and clutched our picnic to her – when we embraced, a bottle **rattled** against a tin. Holding hands we ran through the wood and out across the **slopes**, around the knots of **gorse**, the

gran valle debajo, las bondadosas y enormes nubes, el bosque como una cicatriz plana sobre el monótono verdor.

Sí, el director tiene por costumbre adentrarse un par de metros en la habitación y hacer una pausa para examinar las actividades de sus subordinados. Pero, salvo por una mayor tirantez ambiental (el mismísimo espacio habitado por el aire se comprime), nada cambia, todo el mundo mira, nadie levanta la vista. La mirada del director está inmersa en grasa sujeta por una maravillosa piel translúcida, se ha ido acumulando en la cresta de su pómulo y ahora, como un glaciar, se filtra hasta llegar a las órbitas de sus ojos. El ojo autoritario inmerso barre la habitación, los escritorios, los rostros, la ventana abierta, y se detiene en mí como una botella girando al ralentí... Ah, Leech, dice.

En su casa huele a niños durmiendo, a gatos secándose al calor, a polvo calentándose en las válvulas de una vieja radio. ¿Serán esas las noticias, menos heridos, más muertos? ¿Cómo puedo estar seguro de que la tierra gira hacia el amanecer? Por la mañana le diré desde el otro lado de las tazas y las manchas, más recuerdo que sueños, que reivindico el estatus de estar despierto cuando sueño. Nada exagerado, pero dejando claras las repugnancias físicas aunque exagerándolas solo lo necesario, y todo ello visto, así lo sostendré, a través de un agujero grande que hay hielo que lo rodeara.

Se está tranquilo aquí, sentado en la mesa de caballete junto a la ventana. Esto es el trabajo, ni feliz, ni desdichado, cribando los recortes devueltos. Esto es el trabajo, hallar las categorías apropiadas para el sistema de archivo. El cielo, de un blanco amarillento inexpresivo, el olor del canal reducido por la distancia al de las cerezas dulces y maduras, la melancolía de los aviones de pasajeros que esperan su turno y en otra parte de la oficina otros recortan los periódicos del día, pegan columnas a fichas; contaminación/aire, contaminación/ruido, contaminación/agua, el elegante sonido de las tijeras, el agitar de los botes de pegamento, una mano que abre la puerta. El director entra en la habitación y hace una pausa para examinar la actividad de sus subordinados.

Se lo diré..., ella suspira y se desperezа, aparta el pelo alborotado de sus húmedos ojos, empieza a levantarse pero se queda sentada, con

big valley below us, the good big clouds, the wood a flat scar on the dull green.

Yes, it is the Director's habit to advance several feet into the room and pause to survey the activities of his subordinates. But for a tightening in the air (the very space the air inhabits compresses) nothing changes, everyone looks, no one looks up...The Director's look is sunk in fat bound by wonderful translucent skin, it has accumulated on the ridge of his cheekbone; and now, like a glacier, seeps down into the **hollow** of his eye. The sunken authoritative eye sweeps the room, desk, faces, the open window, and fixes like a **sluggish** spinning bottle on me... Ah Leech, he says.

In her house it smells sweetly of sleeping children, of cats drying in the warmth, of dust warming in the valves of an old radio – is this the news, fewer injured, more dead? How can I be sure the earth is turning towards the morning? In the morning I'll tell her across the empty cups and stains, more memory than dream, I claim **waking** status in my dreams. Nothing exaggerated but fine points of physical disgust and those exaggerated only appropriately, and all seen through, so I shall claim, a hole so big there was no ice to surround it.

It is tranquil here at the **trestle table** by the window. This is the work, not happy, not unhappy, **sifting** through the returned cuttings. This is the work, finding the categories appropriate to the **filing system**. The sky a blank yellow-white, the canal odour reduced by distance to the smell of sweet ripe cherries, the melancholy of airliners in the stack and elsewhere in the office others cut up the day's papers, paste columns to index cards; pollution/air, pollution/noise, pollution/water, the genteel sound of scissors, the shuffle of glue on pots, a hand pushing open the door. The Director advances several feet into the room and pauses to survey the activity of his subordinates.

I will tell her... she sighs and stirs, sweeps her unbrushed hair clear of her watery eyes, goes to rise but remains sitting, cups

00:14'34"

las manos alrededor de un jarro; un autoregalo comprado en una tienda de segunda mano. La ventana dibuja pequeños y brillantes cuadrados en sus ojos, bajo sus ojos hay cuernos azules en forma de medias lunas gemelas que enmarcan su rostro blanco. Se aparta el pelo de la cara, suspira y se despereza.

Camina hacia mí. Ah, Leech, dice aproximándose. Me llama Leech. Ah, Leech, quisiera que me hiciese un favor. Algo que no capto, hipnotizado *in situ* por la boca que toma forma alrededor de las sílabas. Quiero que haga algo por mí. En el momento casual y despreocupado en que se da cuenta de su error, Leech aparece detrás de una batería de armarios, perdonando efusivamente. El director se disculpa bruscamente. Como mi colega le confirmará, dice Leech, la gente siempre nos confunde, y mientras dice esto posa la mano sobre mi hombro, perdonándome también. Un error muy fácil de cometer, colega, dejar que te confundan con Leech.

Escúchala respirar, elevación y caída, elevación y caída, entre la elevación y la caída el intervalo, el peligroso intervalo, cuando toma la decisión de seguir..., el peso de las horas. Se lo diré y evitaré la confusión. Sus ojos se moverán de izquierda a derecha y vuelta otra vez, estudiarán cada uno de los míos a su vez, compararán su grado de sinceridad o los cambios de propósito, bajarán intermitentemente hasta mi boca y recorriéndolos una y otra vez para interpretar un rostro, e igualmente mis ojos en los suyos, nuestros ojos, darán vueltas y más vueltas, bailando y persiguiéndose.

Estoy sentado, incrustado entre dos hombres que están de pie, y el director repite sus instrucciones, nos abandona con impaciencia, y al llegar a la puerta se vuelve para mirarnos y sonríe con indulgencia. ¡Sí! Jamás le he visto sonreír. Veo lo mismo que él: a unos gemelos dispuestos como si estuvieran posando para una fotografía formal. Uno está de pie, con la mano descansando para siempre en el hombro del otro, que está sentado; quizá se trate de una confusión, de un efecto óptico, pues si hacemos girar esta brillante anilla de metal sus imágenes se funden y solo queda uno. ¿De nombre? Esperanzado y con buenos motivos... ansioso.

El vaivén de mi reloj hará girar la tierra, hará que amanezca, traerá a sus hijas a la cama..., el vaivén se ríe de la calma, el vaivén deja caer a sus niños entre el agrio calor adulto, hace que se adhieran

her hands around a jug – a **junk shop** present to herself. In her eyes the window makes small bright squares, under her eyes **cusps** of blue twin-moon her white face. She pushes her hair clear, sighs and stirs.

He is walking towards me. Ah Leech, he says as he comes. He calls me Leech. Ah Leech, there's something I want you to do for me. Something I do not hear, mesmerized where I sit by the mouth which forms itself round the syllables. Something I want you to do for me. At the casual, unworried moment he realizes his mistake, Leech occurs from behind a bank of cabinets, effusively forgiving. The Director is **briskly** apologetic. As my colleague will confirm, says Leech, people are always confusing us, and so saying he rests his hand on my shoulder, forgiving me too. A very easy mistake, colleague, to allow yourself to be confused with Leech.

Listen to her breathing, rise and fall, rise and fall, between the rise and fall the perilous gap, the decision she makes to go on… the weight of hours. I will tell her and avoid confusion. Her eyes will **budge** from left to right and back, study each of my eyes in turn, compare them for honesty or shift in intent, **dip** intermittently to my mouth and **round and round** to make a meaning of a face, and **likewise** my eyes in hers, round and round our eyes will dance and chase.

I sit **wedged** between the two standing men and the Director repeats his instructions, impatiently leaves us, and when he reaches the door turns to look back and smiles indulgently. Yes! I have never seen him smile. I see what he sees -twins as posed for a formal photograph. One stands, his hand settled for ever on the shoulder of the other who sits; possibly a confusion, a trick of the lens, for if we turn this bright metal ring their images coalesce and there is only one. Name of? **Hopeful** and with good reason… anxious.

To and fro is my clock, will make the earth turn, the dawn come, bring her daughters to her bed... to and fro laughs at the stillness, to and fro drops her children between the spicy adult warmth, attaches

a sus costados como estrellas de mar, te acuerdas..., la emoción de ver aquello que se supone que no deberías ver, la enorme roca saliente sobre la arena húmeda y estriada, el retroceso de la orilla hasta el horizonte en contra de su voluntad, y en el saliente los pozos hambrientos que chupan y se desbordan y chupan. Un grueso canto rodado negro suspendido sobre un pozo y bajo él allí estaba suspendido, y estiraba las piernas y los brazos, tú lo viste primero, tan anaranjado, brillante, hermoso, singular, sus goteantes puntos blancos. Se aferraba a la roca negra que dominaba, y cómo le abofeteaba el agua contra su roca mientras a lo lejos el mar retrocedía. La estrella de mar no amenazaba como los huesos por estar muerto, amenazaba por estar tan despierta, como los gritos de un niño en plena noche.

El calor corporal que transmiten. ¿Seremos iguales? Leech, ¿lo somos? Leech se estira, responde, parpadea, empuja, simula, consulta, halaga, se humilla, comprueba, posa, se aproxima, saluda, toca, examina, indica, agarra, murmura, mira fijamente, tiembla, se estremece, aparece, sonríe, levemente, pero qué levemente, dice: Abre los..., ¿el calor?..., abre los ojos, abre los ojos.

¿Será cierto? Estoy tendido en la oscuridad..., es cierto, creo que se acabó. Ella está dormida, no hubo final, la suspensión apareció inadvertida, como el propio sueño. Sí, el ancestral vaivén la meció hasta dormirla, y mientras dormía me atrajo hacia ella y puso su pierna sobre la mía. La noche se vuelve azul y gris y siento en la sien, bajo su pecho, el ancestral bombeo de su corazón que va y viene.

them to her sides like starfish, do you remember… the **thrill** of seeing what you are not intended to see, the great rock thrust across the wet, straited sand, the water's edge receding against its will to the horizon, and in the rock-thrust the hungry pools sucked and **slopped** and sucked. A fat black **boulder** hung across a pool and beneath it there it hung, and stretched its legs and arms, you saw it first, so orange, bright, beautiful, singular, its dripping white dots. It clung to the black rock it commanded, and how the water slapped it against its rock while far away the sea receded. The starfish did not threaten like the bones for being dead, it threatened for being so awake, like a child's shout in the dead of night.

The body warmth they transmit. Are we the same? Leech, are we? Leech stretches, answers, bats, pushes, pretends, consults, flatters, stoops, checks, poses, approaches, salutes, touches, examines, indicates, grips, murmurs, gazes, trembles, shakes, occurs, smiles, faintly, so very faintly, says, Open your... the warmth?... open your eyes, open your eyes.

Is it true? I lie in the dark... it is true, think it is over. She sleeps, there was no end, the suspension came unnoticed like sleep itself. Yes, the ancient to and fro rocked her to sleep, and in sleep she drew me to her side and placed her leg over mine. The dark grows blue and grey and I feel on my temple, beneath her breast, the ancient tread of her heart to and fro.

Psicópolis

Mary trabajaba en una librería feminista de Venice, de la que era copropietaria. La conocí allí durante mi segundo día en Los Ángeles, a la hora de comer. Esa misma noche nos hicimos amantes, y poco después, amigos. El viernes siguiente la encadené por un pie a mi cama durante todo el fin de semana. Se trataba, me explicó, de algo por lo que «tenía que pasar para poder superarlo». Me acuerdo de cuando me hizo prometerle solemnemente (más tarde, en un bar abarrotado) que no le haría caso si exigía que la soltara. Ansioso por complacer a mi nueva amiga, compré una delgada cadena y un candado diminuto. Fijé una anilla de acero al somier de madera de la cama con unos tornillos de latón y todo quedó dispuesto. Al cabo de solo unas horas empezó a exigir su puesta en libertad, y, aunque un poco aturdido, salí de la cama, me duché, me vestí, me puse las zapatillas de andar por casa y le llevé una gran sartén para que pudiese orinar. Su tono de voz era firme y razonable.

«Ábrelo», dijo. «Ya basta.» Admito que me asustó. Me serví una copa y me apresuré a salir al balcón para ver la puesta del sol. Aquello no me excitaba lo más mínimo. Pensaba para mis adentros: Si la suelto, me despreciará por débil. Si la mantengo atada, es posible que me odie, pero, al menos, habré cumplido mi promesa. El sol, de color naranja claro, se zambullía entre la neblina, y la oía gritar a través de la puerta cerrada del dormitorio. Cerré los ojos y me esforcé por ser irreprochable.

En cierta ocasión, un amigo mío se hizo psicoanalizar por un señor mayor, un freudiano que tenía una consulta reputada en Nueva York. En una de las sesiones mi amigo habló largo y tendido de sus dudas sobre las teorías de Freud, de su falta de credibilidad científica, de su especificidad cultural, y así sucesivamente. Cuando terminó, el analista sonrió afablemente y le dijo: «¡Mire a su alrededor!».

Psychopolis

Mary worked in and **part-owned** a feminist bookstore in Venice. I met her there lunchtime on my second day in Los Angeles. That same evening we were lovers, and not so long after that, friends. The following Friday I **chained** her by the foot to my bed for the whole weekend. It was, she explained to me, something she 'had to go into **to come out of**'. I remember her **extracting** (later, in a crowded bar) my solemn promise that I would not listen if she demanded to be **set free**. Anxious to please my new friend, I bought a fine chain and diminutive **padlock**. With brass screws I secured a steel ring to the wooden base of the bed and all was set. **Within** hours she was insisting on her freedom, and though a little confused got out of bed, showered, dressed, put on my carpet slippers and brought her a large frying-pan to urinate in. She tried on a firm, sensible voice.

'**Unlock** this,' she said. '**I've had enough**.' I admit she frightened me. I poured myself a drink and hurried out on to the balcony to watch the sun set. I was not at all excited. I thought to myself, If I unlock the chain she will despise me for being so weak. If I keep her there she might hate me, but at least I will have kept my promise. The pale orange sun dipped into the haze, and I heard her shout to me through the closed bedroom door. I closed my eyes and concentrated on being **blameless**.

A friend of mine once had analysis with an elderly man, a Freudian with a well-**established practice** in New York. On one occasion my friend spoke at length about his doubts concerning Freud's theories, their lack of scientific credibility, their cultural **particularity** and so on. When he had done the analyst smiled genially and replied, 'Look around you!'

Al hacerlo, le señaló con la palma de la mano el cómodo despacho, el ficus y la begonia rex, las paredes forradas de libros. Finalmente, dobló hacia sí la muñeca de un modo que sugería honestidad y, al mismo tiempo, ponía de relieve las solapas de su elegante traje, y dijo: «¿De veras cree que habría llegado a estar donde estoy si Freud se hubiera equivocado?».

De igual modo, me dije mientras volvía dentro (el sol ya se había puesto y el dormitorio estaba en silencio), la simple verdad de la cuestión es que mantengo mi promesa.

Con todo, me aburría. Deambulaba de una habitación a otra encendiendo las luces, apoyándome en los marcos de las puertas y mirando fijamente objetos que ya me resultaban familiares. Monté el atril y saqué la flauta. Hace años que aprendí a tocar solo y tengo muchos defectos, reforzados por el hábito, que ya no tengo voluntad de corregir. No pulso las teclas con las puntas de los dedos, como debiera, y los levanto demasiado, con lo que se me hace imposible tocar pasajes rápidos con soltura. Además, no logro relajar la muñeca derecha, y no queda, como debiera, en un círculo de noventa grados con respecto al instrumento. No mantengo erguida la espalda al tocar; al contrario, me inclino sobre la partitura. No controlo la respiración con los músculos del estómago, sino que soplo chapuceramente con la parte superior de la garganta. Tengo mala embocadura y con demasiada frecuencia recurro a un trino sensiblero. Carezco del control necesario para tocar cualquier intensidad que no sea o suave o fuerte. Nunca me he molestado en aprender las notas que hay más allá del segundo sol. Soy mal músico, y cualquier ritmo un poco raro me desconcierta. Y, sobre todo, no tengo la menor ambición por tocar otra cosa que la media docena de piezas que sé, en las que cometo siempre los mismos errores.

Cuando llevaba varios minutos interpretando mi primera pieza, se me ocurrió que Mary estaría escuchando desde el dormitorio, y me vino a la cabeza la expresión «público cautivo». Mientras tocaba, ideaba formas de insertar con naturalidad esta expresión en una frase para hacer un juego de palabras pobre e intrascendente, pero cuyo humor despejara de algún modo la situación. Dejé la flauta y me dirigí hacia la puerta del dormitorio. Pero antes de tener lista la frase, mi mano, con una especie de automatismo irreflexivo, abrió la puerta, y me encontré frente a Mary. Estaba sentada en el borde del lecho,

And indicated with his open palm the comfortable study, the **rubber plant** and the begonia rex, the book-lined walls and finally, with an inward movement of the wrist which both suggested candour and emphasized the lapels of his tasteful suit, said, 'Do you really think I would have got to where I am now if Freud was wrong?'

In the same manner I said to myself as I returned indoors (the sun now set and the bedroom silent), the **bare** truth of the matter is that I am keeping my promise.

All the same, I felt bored. I **wandered** from room to room turning on the lights, leaning in doorways and **staring** in at objects that already were familiar. I set up the **music stand** and took out my flute. I taught myself to play years ago and there are many errors, strengthened by habit, which I no longer have the will to correct. I do not press the keys as I should with the very tips of my fingers, and my fingers fly too high off the keys and so make it impossible to play fast passages with any facility. **Furthermore** my right wrist is not relaxed, and does not fall, as it should, at an easy right angle to the instrument. I do not hold my back straight when I play, instead I slouch over the music. My breathing is not controlled by the muscles of my stomach. I blow carelessly from the top of my throat. My **embouchure** is ill-formed and I rely too often on a syrupy vibrato. I lack the control to play any dynamics other than soft or loud. I have never bothered to teach myself notes above top G. My **musicianship** is poor, and slightly unusual rhythms **perplex** me. Above all I have no ambition to play any other than the same half-dozen pieces and I make the same mistakes each time.

Several minutes into my first piece I thought of her listening from the bedroom and the phrase 'captive audience' came into my mind. While I played I devised ways in which these words could be inserted casually into a sentence to make a weak, light-hearted pun, the humour of which would somehow cause the situation to be elucidated. I put the flute down and walked towards the bedroom door. But before I had my sentence arranged, my hand, with a kind of **insensible** automation, had pushed the door open and I was standing in front of Mary. She sat on the edge

00:04'33"

cepillándose el pelo, con la cadena decentemente oculta por la ropa de cama. En Inglaterra, a una mujer tan vehemente como Mary se la habría podido considerar agresiva, pero era de natural bonachona. Era bajita y bastante corpulenta. Su cara producía una impresión de rojos y negros: labios intensamente rojos, ojos muy, muy negros, pómulos de un rojo manzana oscuro y un cabello negro y lustroso como la brea. Su abuela era india.

–¿Qué quieres? –dijo bruscamente y sin dejar de cepillarse el pelo.

–¡Ah! –dije yo–. ¡Público cautivo!

–¿Qué?

Como no lo repetí, me dijo que quería estar sola. Me senté en la cama y pensé: Si me pide que la suelte, lo haré en el acto. Pero no dijo nada. Cuando terminó con su pelo se recostó con las manos en la nuca. Me quedé mirándola, esperando. Me parecía absurdo preguntarle si quería que la soltara, y también me aferraba a la idea de liberarla sin más. Ni siquiera sabía si se trataba de un asunto ideológico o psicosexual. Volví con la flauta, pero esta vez me llevé al otro extremo del apartamento el atril y la partitura y cerré las puertas que había en medio. Esperaba que no me oyese.

El domingo por la noche, tras más de veinticuatro horas de silencio mutuo ininterrumpido, dejé libre a Mary. Mientras abría el candado, dije:

–Llevo menos de una semana en Los Ángeles y ya me siento una persona completamente distinta.

Aunque en parte era cierto, hice el comentario con intención de agradar. Mientras me ponía una mano en el hombro y se masajeaba un pie con la otra, Mary dijo:

–Sí, tiene eso. Es una ciudad que empieza donde acaban las demás.

–¡Tiene una longitud de más de cien kilómetros! –asentí.

–¡Tiene una profundidad de mil kilómetros! –gritó salvajemente Mary, y me echó al cuello sus brazos morenos. Parecía haber encontrado lo que quería.

Sin embargo, era poco dada a las explicaciones. Más tarde fuimos a cenar a un restaurante mexicano y esperé en vano que dijese algo sobre su fin de semana encadenada; cuando por fin me decidí a preguntarle, me interrumpió con otra pregunta.

–¿Es verdad que Inglaterra se halla en un estado de colapso total?

of the bed brushing her hair, the chain decently obscured by blankets. In England a woman as **articulate** as Mary might have been regarded as an aggressor, but her manner was gentle. She was short and quite **heavily built**. Her face gave an impression of reds and blacks, deep red lips, black, black eyes, **dusky** apple-red cheeks and hair black and **sleek** like **tar**. Her grandmother was Indian.

'What do you want?' she said sharply and without interrupting the motion of her hand.

'Ah,' I said. 'Captive audience!'

'What?' When I did not repeat myself she told me that she wished to be left alone. I sat down on the bed and thought, If she asks me to set her free I'll do it instantly. But she said nothing. When she had finished with her hair she lay down with her hands clasped behind her head. I sat watching her, waiting. The idea of asking her if she wished to be set free seemed **ludicrous**, and simply setting her free without her permission was terrifying. I did not even know whether this was an ideological or psycho-sexual matter. I returned to my flute, this time carrying the music stand to the far end of the apartment and closing the intervening doors. I hoped she couldn't hear me.

On Sunday night, after more than twenty-four hours of unbroken silence between us, I set Mary free. As the lock **sprang open** I said, 'I've been in Los Angeles less than a week and already I feel a completely different person.'

Though partially true, the remark was designed to give pleasure. One hand resting on my shoulder, the other massaging her foot, Mary said, 'It'll do that. It's a city at the end of cities.'

'It's sixty miles across!' I agreed.

'It's a thousand miles deep!' cried Mary wildly and threw her brown arms about my neck. She seemed to have found what she had hoped for.

But she was not inclined to explanations. Later on we ate out in a Mexican restaurant and I waited for her to mention her weekend in chains and when, finally, I began to ask her she interrupted with a question. 'Is it really true that England is in a state of total collapse?'

Dije que sí y le hablé durante largo rato sin creerme lo que decía. La única experiencia de colapso total que tenía era la de un amigo que se suicidó. Al principio solo quería castigarse. Tragó un poco de cristal molido con ayuda de un zumo de pomelo. Cuando empezaron los dolores, fue corriendo al metro, compró el billete más barato que había y se tiró debajo de un tren. De la nueva línea Victoria. ¿Cómo sería eso a escala nacional? Volvimos a casa cogidos del brazo y en silencio. A nuestro alrededor el aire estaba caliente y húmedo, nos besamos y nos aferramos el uno al otro en la acera junto a su coche.

–¿Repetimos este viernes? –dije con ironía mientras se metía en el coche, pero su portazo interrumpió mis palabras. Desde el otro lado de la ventanilla me dijo adiós agitando la mano y sonrió. Pasó bastante tiempo hasta que la volví a ver.

Yo vivía en Santa Mónica, en un enorme apartamento prestado que estaba encima de una tienda cuya especialidad era el alquiler de artículos para fiestas así como, por raro que parezca, de material para «habitaciones de enfermo». En un lado de la tienda había copas, cocteleras, tumbonas, una mesa para banquetes y una discoteca portátil, y en la otra sillas de ruedas, camas reclinables, pinzas y cuñas, brillante acero tubular y rodilleras de goma de colores chillones. Durante mi estancia advertí que había diversas tiendas como aquella en distintos puntos de la ciudad. El gerente iba impecablemente vestido y su cordialidad eran intimidante. Cuando nos vimos por primera vez, me dijo: «Solo tengo veintinueve años». Era de constitución robusta y llevaba uno de esos gruesos mostachos que se dejaban los jóvenes ambiciosos tanto en América como en Inglaterra. El primer día de mi estancia subió la escalera, se presentó como George Malone y me hizo un amable cumplido:

–Los británicos –dijo– hacen unas sillas para inválidos cojonudas. Las mejores.

–Será la Rolls Royce –dije. Malone me cogió del brazo.

–¿Te quieres quedar conmigo? Los de Rolls Royce hacen...

–No, no –dije nerviosamente–. Era... un chiste.

Por un momento se le petrificó la expresión, tenía la boca abierta como un agujero negro. Me va a pegar, pensé. Pero se rio.

–¡Rolls Royce! ¡Qué bueno! –Y cuando volví a verle señaló hacia el extremo de su tienda dedicado a las «habitaciones de enfermo» mientras gritaba–: ¿Quieres comprar un Rolls?

I said yes and spoke at length without believing what I was saying. The only experience I had of total collapse was a friend who killed himself. At first he only wanted to punish himself. He ate a little **ground** glass washed down with grapefruit juice. Then when the pains began he ran to the **tube station**, bought the cheapest ticket and threw himself under a train. The **brand new** Victoria line. What would that be like on a national scale? We walked back from the restaurant arm in arm without speaking. The air hot and damp around us, we kissed and clung to each other on the pavement beside her car.

'Same again next Friday?' I said **wryly** as she climbed in, but the words were cut by the **slam** of her door. Through the window she waved at me with her fingers and smiled. I didn't see her for quite a while.

I was staying in Santa Monica in a large, **borrowed** apartment over a hire shop which specialized in renting out items for party givers and, strangely, equipment for '**sickrooms**'. One side of the shop was given over to wineglasses, cocktail shakers, spare **easy chairs**, a banqueting table and a portable discotheque, the other to wheelchairs, tilting beds, **tweezers** and bedpans, bright tubular steel and coloured rubber **hoses**. During my stay I noticed a number of these stores throughout the city. The manager was immaculately dressed and initially intimidating in his **friendliness**. On our first meeting he told me he was 'only twenty-nine'. He was heavily built and wore one of those thick drooping moustaches grown throughout America and England by the ambitious young. On my first day he came up the stairs and introduced himself as George Malone and paid me a pleasant compliment. 'The British,' he said, 'make **damn good** invalid chairs. The very best.'

'That must be Rolls-Royce,' I said. Malone gripped my arm.

'Are you **shitting** me? Rolls-Royce make...'

'No, no,' I said nervously. 'A . . . a joke.' For a moment his face was immobilized, the mouth open and black, and I thought, He's going to hit me. But he laughed.

'Rolls-Royce! **That's neat**!' And the next time I saw him he indicated the sickroom side of his shop and called out after me, 'Wanna buy a Rolls?'

A veces, a la hora de comer, bebíamos juntos en un bar iluminado por farolillos rojos que estaba cerca de Colorado Avenue, y donde George me presentó al camarero como «especialista en chistes absurdos».

–¿Qué vas a tomar? –me dijo el camarero.

–Manteca de cerdo con una cereza –dije, esperando cordialmente estar a la altura de mi reputación. Pero el camarero puso mala cara y, volviéndose hacia George, dijo con un suspiro:

–¿Qué vas a tomar?

Al principio resultaba estimulante vivir en una ciudad llena de narcisistas. Al segundo o tercer día hice caso de las instrucciones de George y fui caminando hasta la playa. Era mediodía. Desperdigadas sobre aquella arena fina, pálida y amarillenta hasta que se las tragaba, de norte a sur, una neblina de calor y contaminación, había un millón de figurillas escuetas y primitivas. Nada se movía, salvo las perezosas olas gigantes en la lejanía, y el silencio era impresionante. Cerca de donde estaba yo, al borde mismo de la playa, había distintos juegos de barras paralelas para hacer gimnasia, vacías y funcionales, cuya tosca geometría estaba enmarcada por el silencio. Ni siquiera me llegaba el rumor de las olas, no se oía ni una voz, la ciudad entera parecía soñar. Mientras caminaba hacia el océano empecé a oír suaves murmullos no muy lejos; era como si oyera a alguien hablando en sueños. Vi a un hombre que movía la mano, extendiendo los dedos con firmeza sobre la arena, para que les diera el sol. Una nevera sin tapadera yacía como una lápida junto a la cabeza de una mujer postrada. Eché un vistazo a su interior cuando pasé junto a ella y vi latas de cerveza vacías y un paquete de queso anaranjado flotando en el agua. Ahora que me movía entre ellos, me fijé en lo separados que estaban los que tomaban el sol entre sí. Parecía costar varios minutos ir de uno a otro. Un efecto de la perspectiva me había hecho creer que estaban apretujados. También me fijé en la hermosura de las mujeres, que exhibían sus miembros morenos como estrellas de mar; y en cuántos ancianos saludables había, con cuerpos nudosos y musculados. El espectáculo de aquel esfuerzo colectivo era estimulante, y, por primera vez en mi vida, también deseé con urgencia estar moreno, sobre todo de cara, de modo que cuando sonriera mis dientes destellaran blancos. Me quité los pantalones y la camisa pensando: Seré libre, cambiaré tanto que será imposible reconocerme.

Occasionally we drank together at lunchtime in a red-lit bar off Colorado Avenue where George had introduced me to the barman as 'a specialist in **bizarre** remarks'.

'What'll it be?' said the barman to me.

'Pig oil with a cherry,' I said, cordially hoping to live up to my reputation. But the barman **scowled** and turning to George spoke through a sigh.

'What'll it be?'

It was exhilarating, at least at first, to live in a city of narcissists. On my second or third day I followed George's directions and walked to the beach. It was noon. A million stark, primitive figurines lay scattered on the fine, pale, yellow sand till they were swallowed up, north and south, in a **haze** of heat and pollution. Nothing moved but the sluggish giant waves in the distance, and the silence was **awesome**. Near where I stood on the very edge of the beach were different kinds of parallel bars, empty and stark, their crude geometry marked by silence. Not even the sound of the waves reached me, no voices, the whole city lay dreaming. As I began walking towards the ocean there were soft murmurs nearby, and it was as if I overheard a sleep-talker. I saw a man move his hand, spreading his fingers more firmly against the sand to catch the sun. An icebox without its lid stood like a **gravestone** at the head of a prostrate woman. I peeped inside as I passed and saw empty beer cans and a packet of orange cheese floating in water. Now that I was moving among them I noticed how far apart each solitary **sunbather** was. It seemed to take minutes to walk from one to another. A trick of perspective had made me think they were **jammed together**. I noticed too how beautiful the women were, their brown limbs spread like starfish; and how many healthy old men there were with gnarled muscular bodies. The spectacle of this common intent **exhilarated** me and for the first time in my life I too urgently wished to be brown-skinned, brown-faced, so that when I smiled my teeth would flash white. I took off my trousers and shirt, spread my towel and lay down on my back thinking, I shall be free, I shall change beyond all recognition.

00:11'55"

Pero al cabo de unos minutos tenía calor y estaba inquieto, quería abrir los ojos. Fui corriendo a zambullirme en el océano y nadé hasta donde algunas personas se mantenían a flote pedaleando a la espera de que una ola especialmente grande los arrojase contra la orilla.

Un buen día, a la vuelta de la playa, encontré en la puerta una nota de mi amigo Terence Latterly.

–Te estoy esperando –decía– en el Doggie Diner de enfrente.

Conocí a Latterly hace años, en Inglaterra, cuando investigaba para una tesis sobre George Orwell, que sigue sin completar, y hasta que llegué a América no descubrí que era un americano muy poco común. Delgado, extraordinariamente pálido, con delicados y rizados cabellos negros, ojos rasgados, como los de una princesa renacentista, y una nariz larga y recta con estrechas ranuras negras por fosas, Terence era malsanamente bello. Los homosexuales lo abordaban con frecuencia, y en cierta ocasión, en la Polk Street de San Francisco, llegaron literalmente a acosarlo en masa. Padecía un leve tartamudeo, lo bastante leve para enternecer a aquellos a los que enternecen esas cosas, y se entregaba intensamente a sus amistades, hasta el punto de caer en impenetrables enfurruñamientos por ellas. Me llevó algún tiempo admitir que, en el fondo, Terence no me caía bien, pero entonces ya formaba parte de mi vida y lo acepté como un hecho consumado. Como a todos los monologuistas compulsivos, solo le interesaban sus problemas y no sentía la menor curiosidad por lo que pensaran los demás, pero contaba buenas historias y nunca repetía ninguna. Se encaprichaba regularmente de mujeres a las que espantaba con su laberínticas rarezas y fervor devorador, y que proporcionaban material fresco para sus monólogos. Ya había habido dos o tres ocasiones en que una chica tranquila, solitaria y protectora se había enamorado desesperadamente de Terence y sus manías, pero, como era de esperar, él no mostraba interés. Le iban las mujeres duras, independientes y de piernas largas, las cuales se aburrían rápidamente con él. Me confesó que se masturbaba cada día.

Era el único cliente que había en el Doggie Diner; estaba cabizbajo y taciturno ante una taza de café vacía, y apoyaba el mentón sobre las palmas de las manos.

But within minutes I was hot and restless, I **longed** to open my eyes. I ran into the ocean and swam out to where a few people were treading water and waiting for an especially huge wave to dash them to the shore.

Returning from the beach one day I found pinned to my door a note from my friend Terence Latterly. 'Waiting for you,' it said, 'in the Doggie Diner across the street.' I had met Latterly years ago in England when he was researching a still uncompleted thesis on George Orwell, and it was not till I came to America that I realized how rare an American he was. Slender, extraordinarily pallid, fine black hair that curled, doe eyes like a Renaissance princess, long straight nose with narrow black slits for nostrils, Terence was **unwholesomely** beautiful. He was frequently approached by gays, and once, in Polk Street San Francisco, literally **mobbed**. He had a **stammer**, slight enough to be endearing to those **endeared** by such things, and he was intense in his friendships to the point of occasionally lapsing into impenetrable **sulks** about them. It took me some time to admit to myself I actually disliked Terence and by that time he was in my life and I accepted the fact. Like all compulsive monologists he lacked curiosity about other people's minds, but his stories were good and he never told the same one twice. He regularly became infatuated with women whom he drove away with his labyrinthine **awkwardness** and consumptive **zeal**, and who provided fresh material for his monologues. Two or three times now quiet, lonely, protective girls had fallen hopely for Terence and his ways, but, tellingly, he was not interested. Terence cared for long-legged, tough-minded, independent women who were rapidly bored by Terence. He once told me he masturbated every day.

He was the Doggie Diner's only customer, bent **morosely** over an empty coffee cup, his chin propped in his palms.

–En Inglaterra –le dije–, una cena de perro[1] significa una porquería intragable.

–Entonces siéntate –dijo Terence–. Estamos en el lugar adecuado. Me han humillado de mala manera.

–¿Sylvie? –pregunté solícitamente.

–Sí, sí. Una humillación grotesca. –Aquello no era nada nuevo. Con frecuencia, los encuentros con Terence eran morbosos resúmenes de los golpes que había encajado a manos de mujeres indiferentes. Llevaba meses enamorado de Sylvie, y la había seguido hasta aquí desde San Francisco, donde me habló de ella por primera vez. Ella se ganaba la vida montando restaurantes de comida sana y vendiéndolos después, y, por lo que yo sabía, apenas era consciente de que Terence existiese–. Nunca debí venir a Los Ángeles –dijo Terence mientras la camarera del Doggie Diner llenaba su taza–. Está bien para los británicos. Vosotros veis todo lo de aquí como una estrafalaria comedia de extremos, pero es porque sois meros espectadores. La verdad es que es de psiquiátrico, totalmente de psiquiátrico.

Terence se pasó la mano por el pelo, que parecía lacado y tieso, y se quedó mirando fijamente la calle a través de la ventana. Envueltos en una continua nube de color azul claro, los coches pasaban de largo a veinte por hora, los conductores apoyaban sus morenos antebrazos sobre las ventanillas, tenían puesta la radio, se iban todos a casa o a los bares a la *happy hour.*

Tras un silencio apropiado dije:

–¿Y bien...?

Desde el primer día en que llega a Los Ángeles, Terence le suplica por teléfono a Sylvie que cene con él, y ella, finalmente harta, accede. Terence se compra una camisa nueva, va al peluquero y, bien entrada la tarde, pasa una hora delante del espejo contemplándose la cara. Queda en un bar con Sylvie; beben *bourbon.* Ella se muestra relajada y amigable, y hablan tranquilamente de política californiana, asunto del que Terence entiende poco menos que nada. Puesto que Sylvie conoce Los Ángeles, el restaurante lo elige ella. Al salir del bar, ella dice:

–¿Vamos en tu coche o en el mío?

1. N. del T. Juego de palabras entre la expresión inglesa *dog's dinner*, «bazofia, comistrajo», y el nombre del establecimiento en que se encuentran.

'In England,' I told him, 'a dog's dinner means some kind of unpalatable mess.'

'Sit down then,' said Terence. 'We're in the right place. I've been so humiliated .'

'Sylvie?' I asked obligingly.

'Yes yes. Grotesquely humiliated.' This was nothing new. Terence dined out frequently on morbid accounts of blows dealt him by indifferent women. He had been in love with Sylvie for months now and had followed her here from San Francisco, which was where he first told me about her. She made a living setting up **health food** restaurants and then selling them, and as far as I knew, she was hardly aware of the existence of Terence.

'I should never've come to Los Angeles,' Terence was saying as the Doggie Diner waitress refilled his cup. 'It's OK for the British. You see everything here as a bizarre comedy of extremes, but that's because you're out of it. The truth is it's psychotic, totally psychotic.' Terence ran his fingers through his hair which looked **lacquered** and **stiff**, and stared out into the street. Wrapped in a constant, faint blue cloud, cars drifted by at twenty miles an hour, their drivers propped their tanned forearms on the window ledges, their car radios and stereos were on, they were all going home or to bars for **happy hour**.

After a suitable silence I said, 'Well...?'

From the day he arrives in Los Angeles Terence pleads with Sylvie over the phone to have a meal with him in a restaurant, and finally, wearily, she consents. Terence buys a new shirt, visits the hairdresser and spends an hour in the later afternoon in front of the mirror, staring at his face. He meets Sylvie in a bar, they drink bourbon. She is relaxed and friendly, and they talk easily of Californian politics, of which Terence knows next to nothing. Since Sylvie knows Los Angeles she do the restaurant. As they are leving the bar she says, 'Shall we go in your car or mine?'

Terence, que no tiene coche y no sabe conducir, dice:

–Mejor en el tuyo.

Cuando están terminando los *hors d'oeuvre*, ya van por la segunda botella de vino; hablan de libros, y después de dinero, y después de libros otra vez. La encantadora Sylvie guía a Terence a través de media docena de temas; le sonríe y Terence se ruboriza de amor y alberga los más descabellados propósitos amorosos. Está tan enamorado, que sabe que no podrá resistir la tentación de declararse. Puede sentir la inminente irrupción de una confesión frenética. Las palabras brotan desordenadamente, en una declaración amorosa digna de las páginas de Walter Scott y cuyo mensaje principal es que no hay nada, absolutamente nada en el mundo, que Terence no esté dispuesto a hacer por Sylvie. De hecho, bebido, la desafía a que ponga a prueba su devoción en ese mismo instante. Conmovida por el *bourbon* y el vino, intrigada por aquel melancólico lunático *fin de siècle*, Sylvie le lanza una cálida mirada y devuelve el pequeño apretón de manos que le ha dado Terence. Por el aire enrarecido que hay entre ellos corre una carga de buena voluntad y temeridad. Impulsado por el mero silencio, Terence se repite. No hay nada, absolutamente nada, etcétera. La mirada de Sylvie se desplaza momentáneamente del rostro de Terence a la puerta del restaurante, por la que ahora entra una pudiente pareja de mediana edad. Sylvie frunce el ceño y a continuación sonríe.

–¿Cualquier cosa? –dice.

–Sí, sí, lo que sea. –Ahora Terence se muestra solemne, pues capta el desafío implícito en su pregunta. Sylvie se inclina hacia delante y le coge del antebrazo.

–¿No te echarás atrás?

–No. Si es humanamente posible, lo haré. –Sylvie vuelve a mirar a la pareja, que espera junto a la puerta a que el *maître*, en este caso una enérgica mujer con uniforme rojo, la acomode. Terence también la mira. Sylvie le aprieta el brazo con fuerza.

–Quiero que te orines encima, ahora. ¡Venga, ahora! ¡Rápido! ¡Hazlo ya, sin pensártelo dos veces!

Terence está a punto de protestar, pero sus propias promesas aún colean, formando una nube acusadora. Con ebria impetuosidad, y con el sonido de un timbre eléctrico retumbándole en los oídos, orina copiosamente, se empapa los muslos, las piernas y el trasero, y envía un pequeño y constante reguero al suelo.

Terence, who has no yours?'

By the end of the *hors d'oeuvres* they are starting in on their second bottle of wine and talking of books, and then of money, and then of books again. Lovely Sylvie **leads Terence by the hand** through half a dozen topics; she smiles and Terence

flushes with love and love's wildest ambitions. He loves so hard he knows he will not be able to resist declaring himself. He can feel it coming on, a mad confession. The words tumble out, a declaration of love worthy of the pages of Walter Scott, its main **burden** being that there is nothing, absolutely nothing in the world Terence would not do for Sylvie. In fact, drunk, he challenges her now to test his devotion. Touched by the bourbon and wine, intrigued by this wan, *fin de siècle* lunatic, Sylvie gazes warmly across the table and returns his little squeeze to the hand. In the rarefied air between them runs a charge of **goodwill** and **daredevilry**. Propelled by mere silence Terence repeats himself. There is nothing, absolutely nothing, in the etc. Sylvie's gaze shifts momentarily from Terence's face to the door of the restaurant through which a **well-to-do** middle-aged couple are now eating. She frowns, then smiles.

'Anything?' she says.

'Yes yes, anything.' Terence is solemn now, sensing the real challenge in her question. Sylvie leans forward and grips his forearm.

'You won't **back out**?'

'No, if it's humanly possible I'll do it.' Again Sylvie is looking over at the couple who wait by the door to be seated by the hostess, an energetic lady in a red soldier-like uniform. Terence watches too. Sylvie tightens her grip on his arm.

'I want you to urinate in your pants, now. Go on now! Quick! Do it now before you have time to think about it.'

Terence is about to protest, but his own promises still hang in the air, an accusing cloud. With drunken sway, and with the sound of an electric bell ringing in his ears, he urinates copiously, soaking his thighs, legs and backside and sending a small, steady trickle to the floor.

–¿Lo has hecho? –dice Sylvie.

–Sí –dice Terence–. Pero ¿por qué...?

Sylvie se incorpora a medias de su silla y saluda con elegancia hacia el otro extremo del restaurante, donde está la pareja que espera junto a la puerta.

–Quiero presentarte a mis padres –dice–. Acabo de verlos entrar.

Terence se queda sentado mientras duran las presentaciones. Se pregunta si notarán el olor. No hay nada que no esté dispuesto a decir para disuadir a esa afable y encanecida pareja de sentarse a la mesa junto a su hija. Habla desesperadamente y sin parar («como si fuera un pelmazo»), y califica a los Ángeles de «cagadero» y a sus habitantes de «codiciosos devoradores de la intimidad del vecino». Insinúa que acaba de recuperarse de una prolongada enfermedad mental y le dice a la madre de Sylvie que todos los médicos, sobre todo cuando son mujeres, son «gilipollas». Sylvie no dice nada. El padre enarca una ceja a su mujer y la pareja se marcha sin despedirse a su mesa, que se encuentra al otro lado de la sala.

Terence se calló de repente, como si se hubiera olvidado de que me estaba contando aquella historia, y se puso a limpiarse las uñas con la púa de un peine. Dije:

–Oye, no te calles ahora. ¿Qué pasó? ¿Qué explicación tiene todo eso?

El comedor empezaba a llenarse a nuestro alrededor, pero nadie más hablaba.

Terence dijo:

–Me senté sobre un periódico para no mojarle el asiento del coche. No hablamos demasiado, y cuando llegamos a mi casa no quiso subir. Por el camino me había dicho que no le caían bien sus padres. Supongo que solo quería divertirse.

Me pregunté si Terence se habría inventado aquella historia o la habría soñado, pues era el paradigma de todos sus rechazos, la expresión perfecta de sus temores o, quizás, de sus deseos más profundos.

–Aquí la gente –dijo Terence mientras salíamos del Doggie Diner– vive lejísimos de la demá. EI vecino es alguien que está a cuarenta minutos en coche, y cuando por fin se juntan, se destrozan mutuamente con el frenesí de la soledad.

'Have you done it?' says Sylvie.

'Yes,' says Terence. 'But why...?' Sylvia **half-rises** from her seat and waves prettily across the restaurant at the couple standing by the door.

'I want you to meet my parents,' she says. 'I've just seen them come in.' Terence remains seated for the introductions. He wonders if he an be smelled. There is nothing he will not say to dissuade this affable, greying couple from sitting down at their daughter's table. He talks desperately and without a break ('as if I was some kinda **bore**'), referring to Los Angeles as a '**shithole**' and its inhabitants as 'greedy devourers of each other's privacy'. Terence hints at a recent prolonged mental illness from which he had hardly recovered, and he tells Sylvie's mother that all doctors, especially women doctors, are '**assholes**' (**arseholes**). Sylvie says nothing. The father cocks an eyebrow at his wife and the couple wander off without farewell to their table on the far side of the room.

Terence appeared to have forgotten he was telling his story. He was cleaning his nails with the tooth of a comb. I said, 'Well, you can't stop there. *What happened?* What's the explanation for all this?' Around us the diner was filling up but no one

else was talking.

Terence said, 'I sat on a newspaper to keep her car seat from getting wet. We didn't speak much and she wouldn't come in when we got to my place. She told me earlier she didn't like her parents much. I guess she was just fooling around.' I wondered if Terence's story was invented or dreamed for it was the paradigm of all his rejections, the perfect formulation of his feats or, perhaps, of his profoundest desires.

'People here,' Terence said as we left the Doggie Diner, 'live so far from each other. Your neighbour is someone forty minutes' car ride away, and when you finally get together you're out to wreck each other with the frenzy of having been alone.'

Había algo que me gustó en aquel comentario, e invité a Terence a casa a fumarse un porro conmigo. Nos quedamos en la acera durante unos minutos mientras él decidía si se lo fumaba o no. A través del tráfico, miramos desde el otro lado de la calle hacia el interior de la tienda, donde George estaba enseñándole a una mujer negra cómo funcionaba el equipo de disco. Por fin, Terence sacudió la cabeza y dijo que, aprovechando que estaba en aquella parte de la ciudad, iría a Venice a visitar a un a chica que conocía.

–Llévate unos calzoncillos de repuesto –le sugerí.

–¡Eso! –me gritó por encima del hombro mientras se alejaba–. ¡Nos vemos!

Hubo largos días sin sentido en los que pensaba: Es lo mismo en todas partes. Los Ángeles, California, los Estados Unidos en conjunto, me parecían una corteza muy delgada y frágil que recubría el ilimitado mundo subterráneo de mi propio aburrimiento. Hubiera podido estar en cualquier otra parte, hubiera podido ahorrarme el esfuerzo y los gastos del viaje. De hecho, no quería estar en ningún lugar, quería estar más allá de la responsabilidad que conlleva el espacio. Me levantaba por la mañana, atontado por el exceso de reposo. Aunque no tenía hambre ni sed, desayunaba porque no me atrevía a prescindir de esa actividad. Pasaba diez minutos cepillándome los dientes, sabiendo que cuando terminase tendría que optar por hacer algo distinto. Volvía a la cocina, hacía más café y fregaba los platos con mucho esmero. La cafeína contribuía a aumentar mi pánico. En el cuarto de estar había libros que estudiar y escritos que terminar, pero solo de pensarlo el hastío y el asco me sofocaban. Por eso intentaba no pensar en ello, evitaba la tentación. Apenas se me ocurría poner los pies en el cuarto de estar.

En vez de eso, iba al dormitorio y hacía la cama, prestando gran atención a las esquinas. ¿Estaba enfermo? Me echaba sobre la cama y miraba al techo sin una sola idea en la cabeza. Entonces me levantaba y me quedaba mirando a la pared con las manos en los bolsillos. Quizá estaría mejor pintada de otro color, pero, por supuesto, solo era un inquilino temporal. Recordaba que estaba en una ciudad extranjera y salía corriendo al balcón. Sosas y blancas tiendas y casas en forma de caja, coches aparcados, dos aspersores, marañas de cable telefónico por todas partes, una palmera bamboleándose frente al cielo,

Something about that remark appealed to me and I invited Terence up to my place to smoke a **joint** with me. We stood about on the pavement a few minutes while he tried to decide whether he wanted to or not. We looked across the street through the passing traffic and into the stores where George was demonstrating the disco equipment to a black woman. Finally Terence shook his head and said that while he was in this part of town he would go and visit a girl he knew in Venice.

'Take some spare **underwear**,' I suggested.

'Yeah', he called over his shoulder as he walked away. 'See you!'

There were long **pointless** days when I thought, Everywhere on earth is the same. Los Angeles, California, the whole of the United States seemed to me then a very fine and frail **crust** on the limitless, subterranean world of my own boredom. I could be anywhere, I could have saved myself the effort and the fare. I wished in fact I was nowhere, beyond the responsibility of place. I woke in the morning stultified by **oversleep**. Although I was neither hungry nor thirsty, I ate breakfast because I dared not be without the activity. I spent ten minutes cleaning my teeth knowing that when I finished I would have to choose to do something else. I returned to the kitchen, made more coffee and very carefully washed the dishes. Caffeine aided my growing panic. There were books in the living room that needed to be studied, there was writing that needed completion but the thought of it all made me flush hot with **weariness** and disgust. For that reason I tried not to think about it, I did not tempt myself. It hardly occurred to me to set foot inside the living room.

Instead I went to the bedroom and made the bed and took great care over the '**hospital corners**'. Was I sick? I lay down on the bed and stared at the ceiling without a thought in my head. Then I stood up and with my hands in my pockets stared at the wall. Perhaps I should paint it another colour, but of course I was only a temporary resident. I remembered I was in a foreign city and hurried to the balcony. Dull, white, box shaped shops and houses, parked cars, two lawn **sprinklers**, festoons of telephone cable everywhere, one palm tree **teetering** against the sky,

todo ello iluminado por el cruel fulgor blanco de un sol desvaído por nubes altas y contaminación. Me resultaba tan vulgar y carente de interés como una hilera de casas inglesas de las afueras. ¿Qué podía hacer al respecto? ¿Irme a otra parte? Casi me reía en voz alta solo de pensarlo.

Un buen día, más por confirmar mi estado de ánimo que por cambiarlo, fui al dormitorio y, haciendo un esfuerzo, cogí mi flauta. La partitura de la pieza que pretendía tocar, manoseada y manchada, ya estaba sobre el atril: la *Sonata número 1* de Bach en la menor. La encantadora obertura andante, una serie de arpegios melodiosos, exige una técnica respiratoria impecable para dar sentido a los fraseos, pero desde el principio me encuentro robando aliento furtivamente como un ratero en un supermercado, y la coherencia de la pieza se vuelve puramente imaginaria, evocada a partir de grabaciones y superpuesta al presente. A la altura del compás número quince, cuando llevo cuatro compases y medio del *presto*, paso torpemente por los saltos de octava, pero insisto, como un atleta obstinado y desfalleciente, para finalizar el primer movimiento sin aliento e incapaz de sostener la última nota durante toda su extensión. Puesto que llego a la mayoría de notas en el orden correcto, considero el *allegro* como la pieza principal de mi repertorio. Lo toco con una agresividad inexpresiva. El *adagio*, una melodía dulce y solícita, me demuestra cada vez que lo toco lo desafinadas que son mis notas, algunas sostenidas, otras bemoladas, dulce ninguna, y los semitrémolos siempre están mal sincronizados. Y de ahí pasamos a los dos minuetos finales, que toco con una persistencia seca y rígida, como un mono el organillo. Esa fue mi interpretación de la *Sonata* de Bach, inalterada en sus detalles hasta donde puedo recordar.

Me senté en el borde de la cama y me volví a levantar casi de inmediato. Salí al balcón a mirar la ciudad extranjera una vez más. Fuera, en una de las extensiones de césped, una niña cogía en brazos a otra más pequeña y daba algunos pasos tambaleantes con ella. Más futilidad. Volví dentro y miré el despertador que había en el dormitorio. Las once cuarenta. ¡Haz algo, y pronto! Me quedé junto al reloj escuchando el tictac. Fui de una habitación a otra sin que esa fuese realmente mi intención, sorprendido a veces de encontrarme otra vez en la cocina trasteando con el mango de plástico agrietado del abrelatas de la pared. Entré en el cuarto de estar y pasé veinte minutos tamborileando con los dedos sobre el lomo de un libro. Hacia

the whole lit by a cruel white glow of a sun **blotted out** by high cloud and pollution. It was as obvious and self-explanatory to me as a row of **suburban** English bungalows. What could I do about it? Go somewhere else? I almost laughed out loud at the thought.

More to confirm my state of mind than change it, I returned to the bedroom and grimly picked up my flute. The piece I intended to play, **dog-eared** and **stained**, was already on the music stand, Bach's Sonata No. 1 in A minor. The lovely opening Andante, a series of lilting arpeggios, requires a flawless breathing technique to make sense of the **phrasing**, yet from the beginning. I am snatching furtively at breaths like a supermarket **shoplifter**, and the coherence of the piece becomes purely imaginary, remembered from gramophone recordings and super-imposed over the present. At bar fifteen, four and a half bars into the Presto, I **fumble** over the octave leaps but I press on, a **dogged**, **failing** athlete, to finish the first movement short of breath and unable to hold the last note its full length. Because I catch most of the right notes in the right order, I regard the Allegro as my **showpiece**. I play it with expressionless aggression. The Adagio, a sweet **thoughtful** melody, illustrates to me every time I play it how **out of tune** my notes are, some sharp, some flat, none sweet, and the semi-demi **quavers** are always mis-timed. And so to the two Minuets at the end which I play with dry, rigid persistence, like a mechanical organ turned by a monkey. This was my performance of Bach's Sonata, **unaltered** now in its details for as long as I could remember.

I sat down on the edge of the bed and almost immediately stood up again. I went to the balcony to look once more at the foreign city. Out on one of the lawns a small girl picked up a smaller girl and **staggered** a few steps with her. More futility. I went inside and looked at the alarm clock in the bedroom. Eleven forty. Do something, quick! I stood by the clock listening to its tick. I went from room to room without really intending to, sometimes surprised to find that I was back in the kitchen again fiddling with the cracked plastic handle of the wall can-opener. I went into the living room and spent twenty minutes drumming with my fingers on the back of a book. Towards

la media tarde llamé al servicio telefónico horario y puse el reloj en hora. Me senté durante largo raro en el retrete, decidido a no moverme hasta haber planeado lo que iba a hacer a continuación. Me quedé allí durante más de dos horas, mirándome las rodillas hasta que perdieron su significado como extremidades. Pensé en cortarme las uñas, podría empezar por ahí. ¡Pero no tenía tijeras! Empecé a merodear de una habitación a otra de nuevo, y entonces, hacia el atardecer, me quedé dormido en un sillón, agotado de mí mismo.

Por lo menos, a George parecía gustarle cómo tocaba. Subió una vez, tras oírme desde la tienda, y me pidió que le enseñara la flauta. Me dijo que nunca había tenido una entre las manos. Le asombró la complejidad y precisión de sus teclas y llaves. Me pidió que tocara algunas notas, para que pudiera ver cómo se sujetaba, y luego que le enseñara lo que tenía que hacer para tocarla. Miró de cerca la partitura, que estaba en el atril, y dijo que le parecía «genial» la capacidad de los músicos para convertir semejante amasijo de rayas y puntos en sonidos. Dijo que no alcanzaba a comprender cómo los compositores ideaban sinfonías enteras con docenas de instrumentos diferentes sonando a la vez. Le dije que yo tampoco lo comprendía.

–La música –dijo George gesticulando con el brazo– es un arte sagrado.

Por lo general, cuando no tocaba la flauta la dejaba tirada en un rincón llenándose de polvo, montada y lista para tocar. Pero aquel día, desmonté sus tres partes, las sequé cuidadosamente y coloqué cada una de ellas en su funda de fieltro como si fuera una preciada muñeca de porcelana.

George vivía en Simi Valley, en un trozo de desierto recientemente conquistado. La descripción que daba de su casa era «vacía y todavía con olor a pintura». Estaba separado de su mujer y sus hijos pasaban con él dos fines de semana al mes; eran dos chicos de siete y ocho años. Sin darnos cuenta, George se convirtió en mi anfitrión en Los Ángeles. Había llegado sin un centavo desde Nueva York a los veintidós años. Ahora ganaba casi cuarenta mil dólares al año y se sentía responsable de la ciudad y de mis experiencias en ella. A veces, después de trabajar, George me llevaba en su Volvo nuevo a devorar kilómetros por la autopista.

the middle of the afternoon I dialled the time and set the clock exactly. I sat on the **lavatory** a long time and decided then not to move till I had planned what to do next. I remained there over two hours, staring at my knees till they lost their meaning as limbs. I thought of cutting my fingernails, that would be a start. But I had no scissors! I commenced to prowl from room to room once more, and then, towards the middle of the evening, I fell asleep in an armchair, **exhausted** with myself.

George at least appeared to appreciate my playing. He came upstairs once, having heard me from the shop, and wanted to see my flute. He told me he had never actually held one in his hands before. He marvelled at the intricacy and precision of its levers and **pads**. He asked me to play a few notes so he could see how it was held, and then he wanted me to show him how he could make a note for himself. He peered at the music on the stand and said he thought it was 'brilliant' the way musicians could turn such a **mess** of lines and dots into sounds. The way composers could think up whole symphonies with dozens of different instruments going at once was totally beyond him. I said it was **beyond me** too.

'Music,' George said with a large gesture of his arm, 'is a sacred art.' Usually when I wasn't playing my flute I left it lying about collecting dust, assembled and ready to play. Now I found myself pulling it into its three sections and drying them carefully and laying each section down like a favourite doll, in the **felt-lined** case.

George lived out in Simi Valley on a recently **reclaimed** stretch of desert. He described his house as 'empty and smelling of fresh paint still'. He was separated from his wife and two weekends a month had his children over to stay, two boys aged seven and eight. Imperceptibly George became my host in Los Angeles. He had arrived here penniless from New York city when he was twenty-two. Now he made almost forty thousand dollars a year and felt responsible for the city and my experience in it. Sometimes after work George drove me for miles along the **freeway** in his new Volvo.

–Quiero que te quedes con la impresión, con la locura, de sus dimensiones.

–¿Qué es ese edificio? –le pregunté mientras pasábamos volando frente a un coloso iluminado tipo Tercer Reich que estaba en la cima de una cuidada colina verde.

–No sé, un banco, o un templo, o algo así.

Íbamos a bares, bares de *starlets*, bares de «intelectuales» donde bebían guionistas, bares de lesbianas, y a un bar donde los camareros, jóvenes esbeltos y de facciones suaves, iban vestidos de criadas de la época victoriana. Comimos en un café de carretera fundado en 1947 donde solo servían hamburguesas y tarta de manzana, un sitio célebre, donde los clientes que esperaban hacían cola como espectros hambrientos a las espaldas de los que estaban sentados.

Fuimos a un club donde actuaban cantantes y humoristas con la esperanza de ser descubiertos. Una chica delgada y pelirroja con una camiseta de lentejuelas terminó su apasionada canción en una nota aguda imposible de superar. Todas las conversaciones cesaron. Alguien, quizá maliciosamente, dejó caer un vaso. Cuando iba por la mitad, la nota se convirtió en un trino gorjeante y la cantante se desplomó sobre el escenario haciendo una reverencia abyecta, con los brazos rígidamente extendidos ante sí y los puños cerrados. Después se puso en pie de un brinco y levantó los brazos sobre la cabeza con las palmas abiertas, como si tratase de detener los esporádicos e indiferentes aplausos.

–Todas quieren ser Barbra Streisand o Liza Minnelli –me explicó George mientras sorbía un gigantesco cóctel con una pajita de plástico color rosa–. Pero ese rollo ya no le interesa a nadie.

Un hombre de hombros caídos y pelo muy rizado salió al escenario arrastrando los pies. Sacó el micrófono de su soporte, se lo acercó a los labios y no dijo nada. Parecía no saber qué decir. Llevaba una chaqueta vaquera rota y sucia sin nada debajo, tenía los ojos tan hinchados que casi estaban cerrados y bajo el derecho había un largo arañazo que acababa junto a un lado de su boca, lo que le daba el aspecto de un payaso a medio maquillar. Le temblaba el labio inferior, y pensé que iba a llorar. Mareaba una moneda con la mano que no sostenía el micrófono, y, al mirarlo, me fijé en las manchas que tenía en los vaqueros: sí, aquello eran restos de una vomitera reciente, a juzgar por la humedad. Abrió los labios, pero no salió de ellos sonido alguno.

'I want you to get the feel of it, the insanity of its size.'

'What's that building?' I would say to him as we sped past an illuminated Third Reichian colossus mounted on a **manicured** green hill. George would glance out of his window.

'I dunno, a bank or temple or something.' We went to bars, bars for **starlets**, bars for 'intellectuals' where **screenwriters** drank, lesbian bars and a bar where the waiters, little, smooth-faced young men, dressed as Victorian serving-maids. We ate in a diner founded in 1947 which served only hamburgers and apple pie, a renowned and fashionable place where waiting customers stood like hungry ghosts at the backs of those seated.

We went to a club where singers and stand-up comedians performed in the hope of being discovered. A thin girl with bright red hair and sequined T-shirt reached the end of her passionately murmured song on a sudden **shrill**, impossible top note. All conversation ceased. Someone, perhaps maliciously, dropped a glass. Halfway through, the note became a **warbling** vibrato and the singer collapsed on the stage in an abject curtsy, arms held stifily in front of her, fists clenched. Then she sprang to her tiptoes and held her arms high above her head with the palms flat as if to **forestall** the sporadic and indifferent applause.

'They all want to be Barbra Streisand or Liza Minnelli,' George explained as he sucked a giant cocktail through a pink plastic straw. 'But no one's looking for that kind of stuff anymore.'

A man with stooped shoulders and wild curly hair **shuffled** on to the stage. He took the microphone out of its rest, held it close to his lips and said nothing. He seemed to be stuck for words. He wore a torn, **muddied** denim jacket over bare skin, his eyes were **swollen** almost to the point of closing and under the right there ran a long scratch which ended at the corner of his mouth and gave him the look of a partly made-up clown. His lower lip trembled and I thought he was going to weep. The hand that was not holding the microphone worried a coin and looking at that I noticed the stains down his jeans, yes, fresh wet vomit clung there. His lips parted but no sounds came out.

El público esperó pacientemente. En algún lugar al fondo de la sala se oyó el sonido de una botella de vino al abrirse. Cuando por fin habló, se dirigió a sus uñas, con un murmullo grave y quebrado.

–¡Pero qué puñetero desastre soy!

El público empezó a desternillarse de risa y lo animó, y poco después pasó a los pataleos y las palmas. George y yo sonreíamos, quizás conteniéndonos por respeto al otro. El hombre volvió a aparecer ante el micrófono en cuanto se agotaron las últimas palmas. Ahora hablaba deprisa, y seguía mirándose los dedos. A veces echaba vistazos preocupados al fondo de la sala y veíamos el brillo de sus ojos. Nos contó que acababa de romper con su novia y cómo, mientras se alejaba de su casa en coche, había empezado a llorar, tanto que no veía lo suficiente para conducir y tuvo que detener el coche. Pensó en matarse pero primero tenía que despedirse de *ella*. Fue conduciendo hasta una cabina, pero estaba averiada y eso le hizo llorar de nuevo. En este momento el público, silencioso hasta entonces, empezó a reírse un poco. Llamó a su novia desde un *drugstore*. En cuanto ella contestó al teléfono y oyó su voz, también empezó a llorar. Pero no quería verlo. Le dijo:

–Es inútil, no hay nada que hacer.

Él colgó el teléfono y aulló de dolor. En el *drugstore*, un dependiente le pidió que se marchara porque estaba molestando a los demás clientes. Paseó por la calle pensando en la vida y la muerte, empezó a llover, se tomó unos nitritos de amilo, intentó vender su reloj. El público empezó a impacientarse; muchos habían dejado de escucharle. Le gorroneó cincuenta centavos a un vagabundo. Entre sus lágrimas creyó ver a una mujer abortando un feto en una alcantarilla, pero, cuando se acercó, vio que se trataba de unas cajas de cartón y un montón de trapos viejos. Para entonces, el hombre hablaba entre el constante zumbido de la conversación. Circulaban entre las mesas camareras con bandejas de plata. De repente, el actor levantó una mano y dijo:

–Bueno, ya nos veremos. –Y desapareció. Algunas personas aplaudieron, pero la mayor parte del público ni se dio cuenta de que se iba.

Poco antes de la fecha en que tenía previsto marcharme de Los Ángeles, George me invitó a su casa a pasar la noche del sábado. Al día siguiente me iba a Nueva York en avión. Quería que llevara a un par

The audience waited patiently. Somewhere at the back of the room a wine bottle was opened. When he spoke finally it was to his fingernails, a low, cracked murmur.

'I'm such a goddamn mess!'

The audience broke into fall about laughter and cheering, which after a minute gave way to foot **stamping** and rhythmic clapping. George and I, perhaps constrained by each other's company, smiled. The man reappeared by the microphone the moment the last clapping died away. Now he spoke rapidly, his eyes still fixed on his fingers. Sometimes he glanced worriedly to the back of the room and we caught the flash of the whites of his eyes: He told us he had just broken up with his girl-friend, and how, as he was driving away from her house, he had started to **weep**, so much so that he could not see to drive and had to stop his car. He thought he might kill himself but first he wanted to say goodbye to *her*. He drove to a call box but it was out of order and this made him cry again. Here the audience, silent till now, laughed a little. He reached his girl-friend from a drug store. As soon as she picked up the phone and heard his voice she began to cry too. But she didn't want to see him. She told him, 'It's useless, there's nothing we can do.' He put the phone down and **howled** with **grief**. An assistant in the drug store told him to leave because he was upsetting the other customers. He walked along the street thinking about life and death, it started to rain, he popped some **amyl nitrate**, he tried to sell his watch. The audience was growing restless, a lot of people had stopped listening. He **bummed** fifty cents off a **bum**.

Through his tears he thought he saw a woman aborting a foetus in the gutter and when he got closer he saw it was cardboard boxes and a lot of old rags. By now the man was talking over a steady drone of conversation. Waitresses with silver trays circulated the tables. Suddenly the speaker raised his hand and said, 'Well, see you,' and he was gone. A few people clapped but most did not notice him leave.

Not long before I was due to leave Los Angeles George invited me to spend Saturday evening at his house. I would be flying to New York late the following day. He wanted me to bring along a couple of

de amigos para celebrar una pequeña fiesta de despedida, y la flauta también.

–De verdad, me apetece mucho estar sentado en casa –dijo George– con un vaso de vino y oyéndote tocar ese cacharro.

Primero telefoneé a Mary. Nos habíamos visto esporádicamente desde aquel fin de semana. Alguna vez había venido a mi piso a pasar la tarde. Tenía otro amante con el que más o menos convivía, pero apenas hablaba de él y nunca fue un problema. Después de decir que me acompañaría, Mary quiso saber si Terence también iría. Le había contado la aventura de Terence con Sylvie, y la ambivalencia de mis propios sentimientos con respecto a él. Terence no había vuelto a San Francisco, como era su intención. Había conocido a alguien que tenía un amigo «guionista» y estaba esperando que se lo presentaran. Cuando lo llamé, respondió con una parodia poco convincente de la iracundia semítica. «¿Cinco semanas en esta ciudad y ya me invitan a salir?» Decidí tomarme en serio el deseo de George de oírme tocar. Practiqué mis escalas y mis arpegios, trabajé duro sobre aquellos pasajes de la *Sonata número 1* en los que siempre flaqueaba y, mientras tocaba, soñaba despierto que Mary, George y Terence me escuchaban, hechizados y algo bebidos, y se me aceleraba el pulso.

Mary llegó al atardecer, y antes de coger el coche para recoger a Terence estuvimos sentados en mi terraza mirando la puesta de sol y fumando un pequeño porro. Antes de que ella apareciese había estado dándole vueltas a la idea de irnos a la cama por última vez. Pero ahora que estaba allí y estábamos vestidos para pasar la noche en otra parte, parecía más apropiado hablar. Mary me preguntó qué había estado haciendo y le conté lo del club nocturno. No sabía si debía describir a aquel hombre como un artista con un número tan ingenioso que no era divertido, o como alguien que había entrado desde la calle y tomado el escenario.

–He visto números como ese por aquí –dijo Mary–. La idea, cuando sale bien, es conseguir que la risa de la gente se le quede atascada en la garganta. Lo que era gracioso se vuelve de repente desagradable.

Le pregunté a Mary si creía que habría algún elemento de verdad en el relato de aquel tipo. Sacudió la cabeza.

–Aquí todo el mundo –dijo, gesticulando hacia el sol poniente– tiene montado algún número como ese.

friends to make a small **farewell party**, and he wanted me to bring along my flute.

'I really want to sit,' said George, 'in my own home with a glass of wine in my hand and hear you play that thing.' I phoned Mary first. We had been meeting intermittently since our weekend. Occasionally she had come and spent the afternoon at my apartment. She had another lover she more or less lived with, but she hardly mentioned him and it was never an issue between us. After agreeing to come, Mary wanted to know if Terence was going to be there. I had recounted to her Terence's adventure with Sylvie, and described my own ambivalent feelings about him. Terence had not returned to San Francisco as he had intended. He had met someone who had a friend 'in screenwriting' and now he was waiting for an introduction. When I phoned him he responded with an 'unconvincing parody of Semitic **peevishness**. 'Five weeks in this town and I'm invited out already?' I decided to take seriously George's wish to hear me play the flute. I practised my scales and arpeggios, I worked hard at those places in the Sonata No. I where I always **faltered** and as I played I fantasized about Mary, George and Terence listening spellbound and a little drunk, and my heart raced.

Mary arrived in the early evening and before driving to pick up Terence we sat around on my balcony watching the sun and smoked a small joint. It had been on my mind before she came that we might be going to bed for one last time. But now that she was here and we were dressed for an evening elsewhere, it seemed more appropriate to talk. Mary asked me what I had been doing and I told her about the night club act. I was not sure whether to present the man as a **performer** with an act so clever it was not funny, or as someone who had come in off the street and taken over the stage.

'I've seen acts like that here,' said Mary. 'The idea, when it works, is to make your laughter stick in your throat. What was funny suddenly gets nasty.' I asked Mary if she thought there was any truth in my man's story. She shook her head.

'Everyone here,' she said, gesturing towards the setting sun, 'has got some kind of act going like that.'

–Parece que lo digas con cierto orgullo –dije mientras nos levantábamos. Sonrió y nos cogimos de la mano durante un momento intemporal en el que me volvieron nítidamente a la mente, no sé por qué, las barras paralelas de la playa; entonces nos volvimos y nos metimos dentro.

Terence estaba esperándonos en la acera, ante el portal de la casa donde estaba hospedado. Llevaba un traje blanco, y mientras nos acercábamos se estaba poniendo un clavel rosa en la solapa. El coche de Mary solo tenía dos puertas. Tuve que salir para dejar entrar a Terence, pero, gracias a una combinación de astutas maniobras por su parte y de obtusa cortesía por la mía, me encontré presentando a mis dos amigos desde el asiento trasero. Mientras dábamos la vuelta para llegar a la autopista, Terence empezó a hacerle a Mary una serie de preguntas amables e insistentes; resultaba evidente desde donde yo estaba sentado, exactamente detrás de ella, que en cuanto contestaba a una pregunta él ya le formulaba la siguiente, o se desvivía por mostrarse de acuerdo con todo lo que ella decía.

–Sí, sí –decía, echándose hacia delante con entusiasmo y entrelazando sus largos y pálidos dedos–. Es una buena forma de decirlo.

Cuánta condescendencia, pensé yo, cuánta zalamería. ¿Por qué lo estará consintiendo Mary? Mary dijo que Los Ángeles le parecía la ciudad más excitante de los Estados Unidos. Incluso antes de acabar la frase, Terence la sobrepujaba con extravagantes alabanzas.

–Pensaba que la odiabas –tercié agriamente. Pero Terence estaba ocupado ajustándose el cinturón de seguridad y haciéndole otra pregunta a Mary. Me arrellané y me puse a mirar por la ventanilla, intentando dominar mi irritación. Un poco más tarde, Mary estiró el cuello, tratando de localizarme en su espejo.

–Estás muy callado ahí detrás –dijo alegremente. Me lancé a una imitación furiosa y súbita.

–Esa es una buena forma de decirlo, sí, sí. –Ni Terence ni Mary respondieron. Mis palabras pendían sobre nosotros como si las estuviera repitiendo una y otra vez. Abrí la ventanilla. Llegamos a casa de George con veinticinco minutos de silencio ininterrumpido a nuestras espaldas.

Tras las presentaciones, los tres ocupamos el centro del enorme cuarto de estar de George mientras él preparaba las bebidas en el mueble bar. Yo llevaba la funda de la flauta y el atril debajo del brazo como

'You seem to say that with some pride,' I said as we stood up. She smiled and we held hands for an empty moment in which there came to me from nowhere a vivid image of the parallel bars on the beach; then we turned and went inside.

Terence was waiting for us on the **pavement** outside the house where he was staying. He wore a white suit and as we pulled up he was fixing a pink carnation into his lapel. Mary's car had only two doors. I had to get out to let Terence in, but through a combination of **sly** manoeuvring on his part and obtuse politeness on my own, I found myself introducing my two friends from the back seat. As we turned on to the freeway Terence began to ask Mary a series of polite, insistent questions and it was clear from where I sat, directly behind Mary, that as she was answering one question he was formulating the next, or falling over himself to agree with everything she said.

'Yes, yes,' he was saying, leaning forwards eagerly, clasping together his long, pale fingers, 'That's a really good way of putting it.' Such condescension, I thought, such **ingratiation**. Why does Mary put up with it? Mary said she thought Los Angeles was the most exciting city in the USA. Before she had even finished Terence was **outdoing** her with extravagant **praise**.

'I thought you hated it,' I interjected **sourly**. But Terence was adjusting his seat belt and asking Mary another question. I sat back and stared out the window, attempting to control my irritation. A little later Mary was craning her neck trying to find me in her mirror.

'You're very quiet back there,' she said gaily. I fell into sudden, furious mimicry.

'That's a really good way of putting it, yes, yes.' Neither Terence nor Mary made any reply. My words hung over us as though they were being **uttered** over and over again. I opened my window. We arrived at George's house with twenty-five minutes of unbroken silence behind us.

The introductions over, the three of us held the centre of George's huge living room while he fixed our drinks at the bar. I held my flute case and music stand under my arm like weapons.

si fueran armas. Aparte del mueble bar, no había más mobiliario que dos pufs amarillos, que contrastaban muy llamativamente con la desértica extensión de alfombra marrón. Unas puertas correderas ocupaban toda la extensión de una pared y daban paso a un pequeño patio trasero de arena y piedras en el centro del cual, fijado con hormigón, había uno de esos artilugios en forma de árbol para secar la ropa. En un rincón del patio había una sufrida artemisa, superviviente del desierto real que hubo allí hace años. Terence, Mary y yo hablábamos a George, pero no entre nosotros.

–Bueno –dijo George cuando los cuatro nos quedamos mirándonos con las bebidas en la mano–, seguidme y os enseñaré a los chavales.

Obedientemente, salimos en fila india detrás de George por un estrecho corredor cubierto por una espesa alfombra. Nos asomamos a la puerta de un dormitorio donde había dos niños que leían cómics en una litera. Nos miraron sin interés y siguieron leyendo.

De vuelta en el cuarto de estar, dije:

–Se les ve muy tranquilos, George. ¿Cómo lo logras, a base de palizas?

George se tomó en serio mi pregunta, lo que dio pie a una conversación sobre los castigos corporales. George dijo que de vez en cuando les daba a los chicos una torta en la parte posterior de las piernas si se pasaban mucho. Pero no era tanto por hacerles daño como por mostrarles que iba en serio. Mary dijo que ella estaba absolutamente en contra de pegar a los niños. Terence, más bien para figurar, pensé yo, o quizás para demostrarme que era capaz de estar en desacuerdo con Mary, dijo que le parecía que una buena zurra jamás le había hecho daño a nadie. Mary se rio, pero George, al que era evidente que aquel invitado un tanto petimetre y lánguido repanchigado sobre su alfombra no le caía bien, parecía a punto de pasar a la ofensiva. George trabajaba duro. Mantenía erguida la espalda incluso sentado en el puf.

–¿A ti te zurraban de crío? –preguntó mientras nos servía *whisky*.

Terence titubeó y dijo:

–Sí.

Aquello me sorprendió. El padre de Terence murió antes de que él naciese y se había criado con su madre, en Vermont.

–¿Tu madre te pegaba? –dije antes de que le diese tiempo a inventarse un padre fanfarrón y abusivo.

–Sí.

Apart from the bar the only other furniture was two yellow, plastic **sag chairs**, very bright against the desert **expanse** of brown carpet. Sliding doors took up the length of one wall and gave on to a small back yard of sand and stones in the centre of which, set in concrete, stood one of those tree-like **contraptions** for drying clothes on. In the corner of the yard was a scrappy **sagebrush** plant, survivor of the real desert that was here a year ago. Terence, Mary and I addressed remarks to George and said nothing to each other.

'Well,' said George when the four of us stood looking at each other with drinks in our hands, 'Follow me and I'll show you the kids.' Obediently we padded behind George in single file along a narrow, thickly carpeted corridor. We peered through a bedroom doorway at two small boys in a bunk bed reading comics. They glanced at us without interest and went on reading.

Back in the living room I said, 'They're very **subdued**, George. What do you do, **beat them up**?' George took my question seriously and there followed a conversation about **corporal punishment**. George said he occasionally gave the boys a **slap** on the back of the legs if things **got really out of hand**. But it was not meant to hurt them, he said, so much as to show them he meant business. Mary said she was dead against striking children at all, and Terence, largely to cut a figure I thought, or perhaps to demonstrate to me that he could disagree with Mary said that he thought a **sound thrashing** never did anyone any harm. Mary laughed, but George, who obviously was not talking to this faintly **foppish**, languid guest sprawled across his carpet, seemed ready to move into the attack. George worked hard. He kept his back straight even when he sat in the sag chair.

'You were thrashed when you were a kid?' he asked as he handed round the scotch.

Terence hesitated and said, 'Yes.' This surprised me. Terence's father died before he was born and he had grown up with his mother in Vermont.

'Your mother beat you?' I said before he had time to invent a swaggering **bully** of a father.

'Yes.'

00:40'25"

–¿Y crees que no te hizo ningún daño? –preguntó George–. No me lo creo.

Terence estiró las piernas.

–En absoluto. –Hablaba entre bostezos que quizá fueran simulados. Gesticuló hacia su clavel rosa–. Después de todo, aquí estoy.

Hubo una pausa momentánea y después George dijo:

–Por ejemplo, ¿nunca has tenido problemas para enrollarte con las mujeres? –No pude evitar sonreír.

Terence se incorporó.

–Sí, claro –dijo–. Nuestro amigo inglés, aquí presente, puede atestiguarlo.

Terence se refería a mi estallido en el coche. Pero yo le dije a George:

–A Terence le gusta contar historias graciosas acerca de sus propios fracasos sexuales.

George se inclinó hacia delante para captar la plena atención de Terence.

–¿Cómo puedes estar seguro de que lo que los provoca no son las palizas que te daba tu madre?

Terence habló con mucha rapidez. No estoy seguro de si estaba muy excitado o muy molesto.

–Siempre habrá problemas entre hombres y mujeres, y todo el mundo sufre de alguna forma. Yo lo escondo menos que otra gente. Supongo que tu madre nunca te calentó el culo cuando eras un crío, pero ¿quiere eso decir que no tienes ningún complejo con las mujeres? Quiero decir, ¿y tu mujer, dónde está?....

Mary atajó con la precisión del cuchillo de un cirujano.

–A mí solo me pegaron una vez de cría, fue mi padre, ¿y sabéis por qué? Tenía doce años. Estábamos sentados alrededor de la mesa para cenar, toda la familia, y les dije que tenía sangre entre las piernas. Mojé la punta de un dedo en ella y se la enseñé. Mi padre se estiró desde el otro lado de la mesa y me dio un tortazo. Me dijo que no fuese cochina y me mandó a mi habitación.

George se levantó para coger más hielo para nuestros vasos y murmuró:

–¡Pero qué grotesco! –al salir, Terence se estiró más sobre el suelo, con los ojos clavados en el techo como los de un muerto. Desde el dormitorio se oía cantar a los chicos, o más bien corear, pues el cántico

'And you don't think it did you any harm?' said George. 'I don't believe it.'

Terence stretched his legs. 'No harm done at all.' He spoke through a **yawn** that might have been a fake. He gestured towards his pink carnation. 'After all, here I am.'

There was a moment's pause then George said, 'For example, you never had any problem **making out** with women?' I could not help smiling.

Terence sat up. 'Oh yes,' he said. 'Our English friend here will verify that.' By this Terence referred to my **outburst** in the car. But I said to George, 'Terence likes to tell funny stories about his own sexual failures.'

George leaned forwards to catch Terence's full attention. 'How can you be sure they're not caused by being thrashed by your mother?'

Terence spoke very quickly. I was not sure whether he was very excited or very angry. 'There will always be problems between men and women and everyone suffers in some way. I conceal less about myself than other people do. I guess you

never had your **backside tanned** by your mother when you were a kid, but does that mean you never have any hang-ups with women? I mean, where's your wife…?'

Mary's interruption had the precision of a surgeon's knife.

'I was only ever hit once as a kid, by my father, and do you know why that was? I was twelve. We were all sitting round the table at **suppertime**, all the family, and I told everyone I was bleeding from between my legs. I put some blood on the end of my finger and held it up for them all to see. My father leaned across the table and slapped my face. He told me not to be dirty and sent me up to my room.'

George got up to fetch more ice for our glasses and muttered 'Simply grotesque' as he went. Terence stretched out on the floor, his eyes fixed on the ceiling like a dead man's. From the bedroom came the sound of the boys singing, or rather chanting, for the song

tenía una sola nota. Le dije a Mary algo así como que en Inglaterra jamás habría podido darse una conversación como aquella entre gente que acababa de conocerse.

–¿No te parece que eso es bueno? –me preguntó.

–Los ingleses no se cuentan nada unos a otros –dijo Terence.

–Entre no contar nada y contarlo todo hay muy poco donde elegir –dije.

–¿Habéis oído a los chicos? –dijo George cuando volvió.

–Hemos oído una especie de canto –le dijo Mary. George sirvió más *whisky* y empezó a poner hielo en los vasos con una cuchara.

–No era un canto. Era una oración. Les he estado enseñando el padrenuestro. –Terence gimió desde el suelo y George se volvió bruscamente.

–No sabía que fueses cristiano, George –dije.

–Ah, bueno, ya sabes... –George se hundió en su asiento. Hubo una pausa, como si los cuatro estuviésemos haciendo acopio de fuerzas para otro asalto de disensiones fragmentarias.

Mary estaba sentada ahora en el otro puf, frente a George. Terence estaba tendido entre ellos como un muro de poca altura, y yo estaba sentado con las piernas cruzadas a aproximadamente un metro de los pies de Terence. El primero en hablar fue George, que se dirigió a Mary por encima de Terence.

–Nunca he estado demasiado interesado en ir a la iglesia, pero... –Dejó la frase colgando; estaba un poco bebido, me pareció–. Pero siempre quise meterles toda la religión que pueda a los chicos mientras sean jóvenes. Más tarde pueden rechazarla, supongo. Pero, al menos, de momento tendrán un conjunto de valores coherentes tan bueno como cualquier otro, y una gran colección de historias, de historias buenísimas, exóticas y creíbles. –Como nadie hablaba, George proseguía–. Les gusta la noción de Dios. Y el cielo y el infierno, y los ángeles y el demonio. Hablan un montón de todo eso, aunque no sé muy bien qué significa para ellos. Supongo que es un poco como Papá Noel, se lo creen, pero no se lo creen. Les gusta lo de rezar, aunque piden cosas rarísimas. Para ellos, rezar es como una extensión de su... vida interior. Rezan por lo que quieren y por lo que temen. Van a misa todas las semanas, es casi lo único en lo que Jean y yo estamos de acuerdo.

was all on one note. I said to Mary something to the effect that between people who had just met, such a conversation could not have taken place in England.

'Is that a good thing do you think?' Mary asked. Terence said, 'The English tell each other nothing.'

I said, 'Between telling nothing and telling everything there is very little to choose.'

'Did you hear the boys?' George said as he came back.

'We heard some kind of singing,' Mary told him. George was pouring more Scotch and spooning ice into the glasses.

'That wasn't singing. That was praying. I've been teaching them the **Lord's Prayer**.' On the floor Terence **groaned** and George looked round sharply.

'I didn't know you were a Christian, George,' I said.

'Oh, well, you know…' George sank into his chair. There was a pause, as if all four of us were gathering our strength for another round of fragmentary **dissent**.

Mary was now in the second sag chair facing George. Terence lay like a low wall between them, and I sat cross-legged about a yard from Terence's feet. It was George who spoke first, across Terence to Mary.

'I've never been interested in church-going much but…' He trailed off, a little drunkenly, I thought. 'But I always wanted the boys to have as much of it as possible while they're young. They can reject it later, I guess. But at least for now they have a coherent set of values that are as good as any other, and they have this whole set of stories, really good stories, exotic stories, believable stories.'

No one spoke so George went on. 'They like the idea of God. And heaven and hell, and angels and the Devil. They talk about that stuff a whole lot and I'm never sure quite what it means to them. I guess it's a bit like Santa Claus, they believe it and they don't believe it. They like the business of praying, even if they ask for the craziest things. Praying for them is a kind of extension of their... their inner lives. They pray about what they want and what they're afraid of. They go to church every week, it's about the only thing Jean and I agree on.'

George le decía todo esto a Mary, que asentía mientras él hablaba y le miraba con expresión seria. Terence había cerrado los ojos. Ahora que había terminado, George nos miró por turnos a cada uno, esperando que le llevásemos la contraria. Nos revolvimos. Terence se incorporó sobre el codo. Nadie habló.

–No creo que les haga daño un poquito de religión a la vieja usanza –reiteró George.

Mary habló hacia el suelo.

–Bueno, no sé. El cristianismo tiene muchas cosas discutibles. Y puesto que, en realidad, no eres creyente, deberíamos hablar de eso.

–Vale –dijo George–. Venga, a ver.

Al principio, Mary habló con deliberación.

–Bueno, para empezar, la Biblia es un libro escrito por hombres, orientado hacia los hombres y que tiene como protagonista a un Dios masculino, que hasta tiene aspecto masculino puesto que hizo al hombre a su imagen y semejanza. A mí eso me resulta bastante sospechoso, una auténtica fantasía masculina...

–Un momento –dijo George.

–Además –prosiguió Mary–, las mujeres salen bastante mal paradas en el cristianismo. A través del pecado original se las hace responsables de todo lo que ha sucedido en el mundo desde lo del paraíso terrenal. Las mujeres son débiles, impuras, se las condena a parir con dolor como castigo por las flaquezas de Eva, son la tentación que aparta de Dios el pensamiento de los hombres. ¡Como si las mujeres fuesen más responsables de las inclinaciones sexuales de los hombres que ellos! Como dice Simone de Beauvoir, las mujeres siempre son el «otro», y lo verdaderamente importante es lo que pasa entre el hombre que está en el cielo y los hombres que están sobre la tierra. De hecho, las mujeres solo existen a causa de una especie de idea tardía divina, fueron hechas a partir de una costilla para hacerles compañía a los hombres y plancharles las camisas, y el mayor favor que pueden hacerle a la cristiandad es no mancharse con el sexo y mantenerse castas, y, si al mismo tiempo, consiguen tener un bebé, estarán a la altura del ideal femenino de la Iglesia cristiana: la Virgen María. –Ahora Mary estaba enfadada, y miraba a George con furia.

–Un momento –dijo él–, no se les puede imponer todo ese rollo feminista a sociedades que existieron hace miles de años. El cristianismo se expresaba a través de los canales de que disponía...

George addressed all this to Mary who nodded as he spoke and stared back at him solemnly. Terence had closed his eyes. Now that he had finished, George looked at each of us in turn, waiting to be challenged. We stirred. Terence lifted himself on to his elbow. No one spoke.

'I don't see it's going to hurt them, a bit of the old religion,' George reiterated.

Mary spoke into the ground. 'Well, I don't know. There's a lot of things you could object to in Christianity. And since you don't really believe in it yourself we should talk about that.'

'OK,' said George. 'Let's hear it.'

Mary spoke with deliberation at first. 'Well, for a start, the Bible is a book written by men, addressed to men and features a very male God who even looks like a man because he made man in his own image. That sounds pretty suspicious to me, a real male fantasy...'

'Wait a minute,' said George.

'Next,' Mary went on, 'women come off pretty badly in Christianity. Through Original Sin they are held responsible for everything in the world since the Garden of Eden. Women are weak, unclean, condemned to bear children in pain as punishment for the failures of Eve, they are the temptresses who turn the minds of men away from God; as if women were more responsible for men's sexual feelings than the men themselves! Like Simone de Beauvoir says, women are always the "other", the real business is between a man in the sky and the men on the ground. In fact women only exist at all as a kind of divine afterthought, put together out of a spare rib to keep men company and iron their shirts, and the biggest favour they can do Christianity is not to get dirtied up with sex, stay chaste, and if they can manage to have a baby at the same time then they're measuring up to the Christian Church's ideal of **womanhood** - the Virgin Mary.' Now Mary was angry, she **glared** at George.

'Wait a minute,' he was saying, 'you can't impose all that **Women's Lib** stuff on to the societies of thousands of years ago. Christianity expressed itself through available...'

00:47'26"

Más o menos al mismo tiempo, Terence dijo:

–Otra objeción que cabe hacerle al cristianismo es que lleva a la aceptación pasiva de las desigualdades sociales, porque las auténticas recompensas están en...

Y Mary lo interrumpió, antes de que George pudiese protestar.

–El cristianismo ha suministrado una ideología al sexismo en la actualidad, y al capitalismo...

–¿Eres comunista? –preguntó George con ira, aunque yo no estaba seguro de a quién se dirigía. Terence seguía insistiendo en voz alta en su propio discurso. Le oí mencionar las cruzadas y la Inquisición.

–Eso no tiene nada que ver con el cristianismo. –George casi gritaba. Tenía la cara enrojecida.

–Se han cometido más maldades en el nombre de Cristo que..., eso nada tiene que ver con... la persecución de mujeres herbolarias por brujería... ¡Mierda! Es irrelevante..., corrupción, chanchullos, apoyo a tiranos, acumulando riquezas en el altar..., diosa de la fertilidad..., ¡mierda!..., culto al falo..., fíjate en lo que le pasó a Galileo..., eso no tiene nada que...

Oí poco más porque ahora interpretaba a gritos mi propio número sobre el cristianismo. Era imposible permanecer callado. George pinchaba furiosamente el aire con el dedo, señalando a Terence. Mary se estiraba para intentar coger de la manga a George y decirle algo. La botella de *whisky* estaba volcada, vacía; alguien había tirado el hielo. Por primera vez en mi vida, necesitaba expresar con urgencia mis propios puntos de vista sobre el cristianismo, la violencia, América y todo lo demás, y exigía prioridad antes de que mis pensamientos se volatilizaran.

–...y si empezamos a pensarlo objetivamente..., sus púlpitos para someter a los trabajadores y sus huelgas de... ¿Objetividad? Querrás decir masculinidad. La realidad actual es una realidad mascu..., siempre un Dios violento..., el gran capitalista celestial..., ideología protectora de la clase dominante que niega el conflicto entre hombres y mujeres... ¡Mierda, mierda absoluta...!

De repente, oí otra voz que me zumbaba en los oídos. Era la mía. Hablaba frente a un breve silencio provocado por la extenuación.

–... cruzando los Estados Unidos en coche vi una señal en Illinois por la interestatal 70 que decía: «Dios, agallas y armas son los que hicieron de América un gran país. Conservemos las tres».

At **roughly** the same time Terence said, Another objection to Christianity is that it leads to passive acceptance of social inequalities because the real rewards are in...'

And Mary cut in across George in protest. 'Christianity has **provided** an ideology for sexism now, and capitalism...'

'Are you a communist?' George demanded angrily, although I was not sure who he was talking to. Terence was pressing on loudly with his own speech. I heard him mention the Crusades and the Inquisition.

'This has nothing to do with Christianity'. George was almost shouting. His face was flushed.

'More evil perpetrated in the name of Christ than... this has nothing to do with... to the persecution of women herbalists as witches... Bullshit. It's irrelevant... corruption, **graft**, propping up tyrants, accumulating wealth at the altars... fertility goddess... bullshit... phallic **worship**… look at Galileo... this has nothing to...' I heard little else because now I was shouting my own piece about Christianity. It was impossible to stay quiet. George was jabbing his finger furiously in Terence's direction. Mary was leaning forwards trying to catch George by the sleeve and tell him something. The whisky bottle lay on its side empty, someone had upset the ice. For the first time in my life I found myself with urgent views on Christianity, on violence, on America, on everything, and I demanded priority before my thoughts slipped away.

'... and starting to think objectively about this… their pulpits to put down the workers and their strikes so... objective? You mean male. All reality now is male rea… always a violent God… the great capitalist in the sky… protective ideology of the dominant class denies the conflict between men and women … bullshit, total bullshit...'

Suddenly I heard another voice ringing in my ears. It was my own. I was talking into a brief, exhausted silence.

'...driving across the States I saw this sign in Illinois along Interstate 70 which said, "God, **Guts**, Guns made America great. Let's keep all three."'

–¡Ja! –exclamaron triunfalmente Mary y Terence.

George se puso en pie, con el vaso vacío en la mano.

–¡Eso es! –gritó–. ¡Eso es! Os podéis burlar, pero es cierto. Este país tiene un pasado de violencia a sus espaldas, murieron muchos hombres valientes haciendo...

–¡Hombres! –coreó Mary.

–De acuerdo, y muchas mujeres valientes también. América se hizo a tiros. Eso no se puede negar. –George cruzó la habitación hasta el mueble bar y sacó algo de color negro de detrás de las botellas–. Aquí guardo una pistola –dijo, y la levantó para que todos la viésemos.

–¿Para qué? –preguntó Mary.

–Cuando tienes críos, cambia mucho la actitud que tienes hacia la vida y la muerte. Nunca tuve pistola hasta que aparecieron los chicos. Ahora pienso que dispararía sobre cualquiera que amenazara su existencia.

–¿Esa pistola es de verdad? –pregunté. George se acercó hasta nosotros con la pistola en una mano y una botella de *whisky* en la otra.

–¡Ya lo creo que es de verdad!

Era muy pequeña y no asomaba más allá de la palma de su mano.

–Déjame verla –dijo Terence.

–Está cargada –le advirtió George mientras se la pasaba.

La pistola pareció tener un efecto tranquilizador sobre todos nosotros. Mientras Terence la examinaba, George llenó nuestros vasos en silencio. Luego se sentó y me recordó que había prometido tocar la flauta. Pasaron un par de minutos de silencio soñoliento, interrumpidos solo por George para decirnos que, después de aquella copa, cenaríamos. Mary estaba ausente, inmersa en sus pensamientos. Daba vueltas lentamente a su vaso con el índice y el pulgar. Me recosté sobre los codos y empecé a tratar de recordar la conversación que acabábamos de tener. Intentaba recordar cómo habíamos llegado a aquel silencio repentino.

Entonces Terence le quitó el seguro a la pistola y apuntó a la cabeza de George.

–Arriba las manos, cristiano –dijo, con voz grave.

George no se movió.

–Con las pistolas no se juega –dijo.

Terence apretó más el gatillo. Por supuesto, bromeaba, e incluso desde

'Hah!' Mary and Terence exclaimed in triumph. George was on his feet, empty glass in hand.

'That's right,' he cried. 'That's right. You can **put it down** but it's right. This country has a violent past, a lot of brave men died making...'

'Men!' echoed Mary.

'All right, and a lot of brave women too. America was made with the gun. You can't get away from that.' George **strode** across the room to the bar in the comer and drew out something black from behind the bottles. 'I keep a gun here ' he said, holding the thing up for us to see.

'What for?' Mary asked.

"When you have kids you begin to have a very different attitude towards life and death. I never kept a gun before the kids were around. Now I think I'd shoot at anyone who threatened their existence.'

'Is it a real gun?' I said. George came back towards us with the gun in one hand and a fresh bottle of Scotch in the other.

'Dead right it's a real gun!' It was very small and did not extend beyond George's open palm.

'Let me see that,' said Terence.

'It's loaded,' George warned as he handed it across. The gun appeared to have a soothing effect on us all. We no longer shouted, we spoke quietly in its presence. While Terence examined the gun George filled our glasses, As he sat down he reminded me of my promise to play the flute. There followed a **bleary** silence of a minute or two, broken only by George to tell us that after this drink we should eat dinner. Mary was far away in thought. She rotated her glass slowly between her finger and **thumb**. I lay back on my elbows and began to piece together the conversation we had just had. I was trying to remember how we arrived at this **sudden** silence.

Then Terence snapped the safety catch and levelled the gun at George's head.

'Raise your hands, Christian,' he said dully.

George did not move. He said, 'You oughtn't to **fool around** with a gun.' Terence tightened his grip. Of course he was fooling around,

donde yo estaba veía que tenía el dedo sobre el gatillo, y que empezaba a apretarlo.

–¡Terence! –susurró Mary, y le tocó la espalda suavemente con el pie.

Con los ojos clavados en Terence, George bebía a sorbos su copa. Terence colocó la otra mano alrededor del arma, que apuntaba al centro del rostro de George.

–¡Muerte a los propietarios de armas de fuego!

Terence habló sin rastro de humor. Yo también intenté llamarlo por su nombre, pero de mi garganta apenas salió un murmullo. Cuando volví a intentarlo, dije algo bastante irrelevante a causa del pánico cada vez mayor que sentía.

–¡Ahí va! –dijo Terence, y apretó el gatillo.

A partir de entonces la velada se sumió en la cortesía convencional y rebuscada con la que los americanos, cuando quieren, pueden dejar muy atrás a los ingleses. George era el único que había visto a Terence quitarle las balas a la pistola, y eso nos unió a Mary y a mí en un leve pero prolongado estado de *shock*. Comimos ensalada y embutidos, con los platos apoyados en las rodillas. George le preguntó a Terence por su tesis sobre Orwell y las perspectivas de empleo en la enseñanza. Terence le hizo preguntas a George sobre su negocio de alquiler de artículos de broma y los requisitos de las habitaciones para enfermos. A Mary le preguntaron sobre su empleo en la librería feminista y respondió con afabilidad, evitando cuidadosamente cualquier afirmación que pudiese provocar una discusión. Por fin, me pidieron que diera detalles sobre mis planes de viaje, lo que hice de manera profusa y aburrida. Expliqué que pasaría una semana en Ámsterdam antes de volver a Londres. Eso hizo que George y Terence se pasaran varios minutos cantando las alabanzas de Ámsterdam, aunque resultaba bastante evidente que habían visitado dos ciudades muy diferentes.

Después, mientras los demás tomaban café y bostezaban, toqué la flauta. Toqué la *Sonata* de Bach igual que de costumbre, pero tenía la cabeza en otro sitio, pues estaba harto de aquella música y de mí por tocarla. Mientras las notas iban transfiriéndose de la partitura a las puntas de mis dedos, pensaba: ¿Pero todavía sigo tocando *esto*? Seguí escuchando el estridente eco de nuestras voces, vi la pistola negra en la palma abierta de George, al humorista surgir entre la penumbra para volver a tomar el micrófono, me vi a mí mismo hacía muchos meses disponiéndome a salir de Buffalo en dirección a San Francisco

and yet I could see from where I was that his finger was **curled** about the trigger, and he was beginning to pull on it.

'Terence!' Mary whispered, and touched his back gently with her foot. Keeping his eyes on Terence, George sipped at his drink. Terence brought his other hand up to steady the gun which was aimed at the centre of George's face.

'Death to the gun **owners**.' Terence spoke without a trace of humour. I tried to say his name too, but hardly a sound left my throat. When I tried again I said something in my accelerating panic that was quite irrelevant.

'Who is it?' Terence pulled the trigger.

From that point on the **evening** collapsed into conventional, **labyrinthine politenesses** at which Americans, when they wish, quite **outstrip** the English. George was the only one to have seen Terence remove the bullets from the gun, and this united Mary and me in a state of **mild** but prolonged shock. We ate salad and **cold cuts** from plates balanced on our knees. George asked Terence about his Orwell thesis and the prospects of teaching jobs. Terence asked George about his business, fun party hire and sickroom requisites. Mary was questioned about her job in the feminist bookshop and she answered blandly, carefully avoiding any statement that might provoke discussion. Finally I was called on to **elaborate** on my travel plans, which I did in great and **dull** detail. I explained how I would be spending a week in Amsterdam before returning to London. This caused Terence and George to spend several minutes in praise of Amsterdam, although it was quite clear they had seen very different cities.

Then while the others drank coffee and yawned, I played my flute. I played my Bach sonata no worse than usual, perhaps a little more confidently for being drunk, but my mind ran on against the music. For I was weary of this music and of myself for playing it. As the notes transferred themselves from the page to the end of my fingers I thought, Am I still playing *this*? I still heard the echo of our raised voices, I saw the black gun in George's open palm, the comedian reappear from the darkness to take the microphone again, I saw myself many months ago setting out for San Francisco from Buffalo

en un coche recién salido de fábrica, gritando de júbilo por encima del rumor del viento a través de las ventanas abiertas: Soy yo. Aquí estoy. Allá voy... ¿Dónde estaba la música que debía acompañar a todo aquello? ¿Por qué no la buscaba siquiera? ¿Por qué seguía haciendo algo para lo que no valía?: música de otra época y otra civilización, cuya certeza y perfección eran fingimiento y mentira para mí, por mucho que hubiesen sido en algún momento, o toqué el segundo movimiento mecánicamente como una pianola. Algo difícil y libre. Pensé en las historias de Terence sobre sí mismo, en su jueguecito con la pistola, en los experimentos que Mary hacía consigo, en mí tamborileando con los dedos sobre el lomo de un libro en un momento de distracción, en la inmensa y fragmentada ciudad sin centro, sin ciudadanos, en una ciudad que existía solo en la mente, un nexo de cambio o estancamiento en la vida de los individuos. La imagen y la idea se estrellaban ebriamente una detrás de otra, la disonancia se atrancaba en un compás detrás de otro de pretendida armonía e inexorable lógica. En medio de un compás, levanté la vista de la partitura y eché un vistazo a mis amigos, tendidos en el suelo. Después su imagen permaneció brevemente sobre la partitura. Era posible, incluso probable, que ninguno de los cuatro volviera a verse jamás, y frente a tan trivial fugacidad mi música resultaba inane en su racionalidad, mezquina en su sobredeterminación. Déjasela a otros, a los profesionales que puedan evocar los días de su verdad pasada. Para mí no significaba nada, ahora que ya sabía lo que quería. Aquel escapismo refinado..., un crucigrama con las respuestas ya escritas; ya no podía seguir tocando.

Dejé de tocar al llegar al movimiento lento y levanté la vista. Estaba a punto de decir «Ya no puedo más», pero los tres se pusieron de pie aplaudiendo y me dedicaron amplias sonrisas. Parodiando al público de los conciertos, George y Terence se llevaron las manos a la boca y gritaron:

–*Bravo! Bravissimo!*

Mary se adelantó, me besó en la mejilla y me entregó un ramo de flores imaginario. Abrumado de nostalgia por un país que aún no había abandonado, no pude hacer otra cosa que juntar los pies y hacer una reverencia, mientras estrechaba las flores contra mi pecho.

Entonces Mary dijo:

–Vámonos. Estoy cansada.

in a drive-away car, shouting out for joy over the roar of the wind through the open windows, It's me, I'm here, I'm coming... where was the music for all this? Why wasn't I even looking for it? Why did I go on doing what I couldn't do, music from another time and civilization, its certainty and perfection to me a **pretence** and a lie, as much as they had once been, or might still be, a truth to others. What should I look for? (I **tooled** through the second movement like a **piano roll**.) Something difficult and free. I thought of Terence's stories about himself, his game with the gun, Mary's experiment with herself, of myself in an empty moment **drumming** my fingers on the back of a book, the vast, fragmented city without a centre, without citizens, a city that existed only in the mind, a nexus of change or **stagnation** in individual lives. Picture and idea crashed drunkenly one after the other, **discord** battened to bar after bar of implied harmony and inexorable logic. For the pulse of one beat I glanced past the music at my friends where they sprawled on the floor. Then their **after-image** glowed briefly at me from the page of music. Possible, even likely, that the four of us would never see each other again and against such commonplace transcience my music was inane in its rationality, paltry in its over-determination. Leave it to others, to professionals who could evoke the old days of its truth. To me it was nothing, now that I knew what I wanted. This **genteel** escapism... crossword with its answers written in, I could play no more of it.

I broke off in the slow movement and looked up. I was about to say, 'I can't go on any more,' but the three of them were on their feet clapping and smiling broadly at me. In parody of concert-goers George and Terence cupped their hands round their mouths and called out 'Bravo! Bravissimo!' Mary came forward, kissed me on the cheek and presented me with an imaginary bouquet. Overwhelmed by nostalgia for a country I had not yet left, I could do more than put my feet together and make a bow, **clasping** the flowers to my chest.

Then Mary said, 'Let's go. I'm tired.'

Glosario

A	
after-image	imagen que permanece en la retina
amyl nitrate	nitrito de amilo, *popper* (droga)
appeal	atraer, gustar
articulate	elocuente
awesome	impresionante
awkwardness	torpeza
B	
back out	echarse atrás
backside	trasero
bare	simple, básico
bat, to	golpear
beat (somebody) up	dar una paliza
blank	vacío, inexpresivo
bleary	soñoliento
blotted out	manchado, tachado
bore	pelmazo
borrow	tomar prestado
boulder	piedra, roca
bizarre	estrafalario
bully	abusador, matón
bum (1)	gorronear
bum (2)	vagabundo
burden	carga
C	
canopy	toldo, dosel
chain	encadenar
cheekbone	pómulo
clasp	estrechar contra uno mismo
cling	aferrarse
cocktail shaker	coctelera
cold cuts	embutidos
consumptive	consuntivo, de consumo
contraption	artilugio
corporal punishment	castigo corporal
crust	corteza
curl	enroscar
cusp	cúspide
D	
daredevilry	temeridad
dip	descender, bajar
discord	disonancia
dissent	disensión, disentir
dog-eared	manoseado
dogged	obstinado
dribble	gotear
drift	ir a la deriva, flotar
droop	inclinarse, caer lánguidamente
drum	tamborilear

dull	aburrido
dusky	oscuro, moreno

E

easy chair	tumbona
elaborate	explicar con detalle
embouchure	embocadura (música)
endear	hacerse querer
established	conocida, arraigada
evening	velada
exhausted	agotado
exhilarate	llenar de alegría
expanse	extensión
extract	sonsacar, arrancar

F

fading	que se desvanece
failing	desfalleciente
faint	débil
falter	flaquear
farewell party	despedida
felt-lined	forrada de fieltro
fool around	hacer el tonto
foppis	afectado, atildado
forestall	detener
freeway	autopista (en Estados Unidos)
friendliness	cordialidad
fumble	cometer una pifia
furred	que tiene pelaje
furthermore	además

G

gap	intervalo, espacio
genteel	refinado
get out of hand	desmadrarse
gewgaw	baratijas, fruslerías
glare	mirar con enfado
glint	brillante
glint	destellar
glow	brillar
gnarled	retorcido
goodwill	benevolencia
gorse	aulaga
graft	chanchullo
gravestone	lápida
greedy	codicioso
grief	pena, dolor
groan	gemir
ground	molido, triturado
guts	agallas

H

half-rise	semiincorporarse
haze	neblina
health food	comida sana
hinge	que gira por goznes
hollow	oquedad, hueco
hopeful	esperanzado
hose	rodillera
hot flush	sofoco

howl aullar

I

index card fichero
indistinct indiscernible
ingratiation congraciarse con, ser zalamero
insensible inconsciente, sin pensar

J

jab pinchar, señalar con el dedo insistentemente
joint porro
junk shop tienda de objetos de segunda mano

L

labyrinthine laberíntico
lacquered lacado
lapel solapa
lavatory retrete (principalmente en Reino Unido)
leafless sin hojas
level apuntar
likewise igualmente, de igual manera
litter camada
lodge encajar
long (verbo) anhelar
Lord's Prayer Padrenuestro
ludicrous ridículo

M

making out enrollarse (sexualmente)
manicured (césped, jardín) bien cuidado
mess caos, amasijo, desastre
mild leve
mob perseguir en masa
moist húmedo
morosely malhumoradamente
muddied sucia, manchada
music stand atril
musicianship calidad como músico

O

outburst estallido, salida de tono
outdo sobrepasar, superar
outstrip dejar atrás, aventajar
oversleep dormir de más
owner propietario

P

pad llave, tecla
padlock candado
part-owned copropietario
particularity particularidad, especificidad

patchwork	retales
pavement	acera
peevishness	mal humor, irritabilidad
performer	artista
perplex	desconcertar
phrasing	fraseo (música)
piano roll	rollo de pianola
plunge	lanzarse en picado
pointless	sin sentido
politeness	cortesía
practice	consulta
praise	halagos
pretence	fingimiento
prise	abrir a la fuerza (la mano de alguien)
provide	proporcionar
pungent	acre
quaver	(música) trémolo

R

rattle	entrechocar
receding	menguante
reclaimed	reclamado (terreno)
rim	borde
roughly	aproximadamente
rubber plant	ficus

S

sag chair	puf
sagebrush	artemisa
scowl	fruncir el ceño
screenwriter	guionista
set free	soltar, liberar
settee	sofá
shit	tomar el pelo, vacilar a alguien
shoplifter	ratero
showpiece	pieza principal
shrill	aguda
shuffle	arrastrar los pies
sickroom	habitación de enfermo
sift	cribar, seleccionar
sip	sorber
skulk	enfurruñarse, estar hosco
slam	golpe fuerte, portazo
slap	bofetada, torta
sleek	reluciente
slit	ranura, abertura, corte
slop	desbordarse
slope	loma
sluggish	lento, torpe
sly	astuto
smother	ahogar
sound thrashing	una buena zurra
sourly	con acritud
spicy	picante, acre, especiado
spring open	abrirse de golpe (un candado)
sprinkler	aspersor
stagger	caminar tambaleándose
stagnation	estancamiento

stained manchado
stammer tartamudeo
stamping pataleo
stare mirar fijamente
stark desnudo, pelado
starlet aspirante a estrella de cine
stiff tieso
stillness silencio, inmovilidad
stoop encorvarse
stride dar zancadas
stunted atrofiado
subdued sumiso, manso
suburban de barrio residencial
sudden repentino
sunbather alguien que toma el sol
suppertime hora de la cena
swollen hinchados

T
tan dar una azotaina
tang sabor acre
tar brea
teeter oscilar
thoughtful solícito
thrill emoción
thumb pulgar
tiptoe andar de puntillas
tool trabajar con una herramienta (en este caso, la flauta)
trestle table mesa de caballete
tube station estación de metro
tweezers pinzas

U
unaltered inalterada
underwear ropa interior
unlock abrir (cerradura, candado)
unnoticed desapercibido
unwholesomely malsanamente
utter decir, expresar

V
vicious bruto, salvaje

W
waking despierto
wander errar, deambular
warbling gorjeo
weariness hastío
wedged encajado, incrustado
weep llorar
well-to-do pudiente, adinerado
widen ensancharse
winter invernar
within al cabo de
womanhood femineidad
Women's Lib liberación

	femenina, feminismo	**wryly**	irónicamente
worship	adoración	**yawn**	bostezo
wrought iron	hierro forjado	**zeal**	fervor

FRASES HECHAS Y EXPRESIONES

beyond me	más allá de mi comprensión
blameless	irreprochable, libre de culpa
brand new	nuevo, recién inaugurado, recién comprado
come out of	salir de, superar
damn good	cojonudo, de la hostia (vulgar)
dead of night	mitad de la noche
filing system	sistema de archivo
happy hour	hora de descuento en las bebidas
heavily built	corpulento
hospital corners	doblar las esquinas de la cama a la hora de hacerla
I've had enough	ya he tenido suficiente
jammed together	apretujados, apelotonados
lead by the hand	llevar de la mano
no mistaking	imposible de confundir
out of tune	desafinado
put it down	menospreciar
round and round	dando vueltas
stark against	contrastando
that's neat!	esa es buena (exclamación)
to and fro	vaivén, oscilación, de aquí para allá, trajín
turning in the stack	dar vueltas en el aire esperando turno para aterrizar